SIGNAL・RED

SIGNAL RED

Miu kishi

岸 美 羽

文芸社

1

オギャァァー
十二月の夕暮れ時。

辺り一面をオレンジや朱に染めながら真っ赤に燃えている太陽が西に沈みかけている。

街の中心にある真っ白な壁が朱に染まった大きな病院の一室で、一つの小さな生命が誕生していた。

「おめでとうございます。かわいい女の子です」

医師に抱かれながらこの世に生まれたばかりの小さな女の子は声を上げて泣いている。

「…あらっ、この子、手に何か握っているわ」

赤ん坊を洗っていた看護婦が小さく握られた右手を見つめながら声を出した。

「本当、何かしら」

看護婦の言葉に側にいた医師が小さく握られている右手をそっと開いてみる。

開かれた手のひらの上には、直径二センチほどの赤く輝く珠。ガラス玉のような、水晶のような輝きを放った見たこともない美しい赤い珠だった。

「なぜ、こんなものが…」

今まで母親の胎内にいたはずの赤ん坊が、そのようなものを持っていること自体ありえないことだ。

「…どう…しました?」

赤ん坊を見つめながら立ちつくしている医師たちに、まだ十代後半といった若い母親が尋ねた。

「いや、あの、新生児の手の中にこんなものが…」

と言いながら、医師が赤ん坊の手から赤い珠を取り母親に見せようとしたとき、
ふわっ

赤ん坊の体から光の粒が見えたかと思った瞬間、赤く輝く炎みたいな光が赤ん坊の体を包んだのだ。

キャァァー
周りにいた看護婦たちが突然の出来事に騒ぎ立てる。

光に包まれながら嬉しそうに笑っている赤ん坊を見つめて医師は茫然と立ちつくしていた。

「これは、どうしたことか…まさか」

さっき、赤ん坊の手から取った赤い珠を見つめそして赤ん坊のほうに視線を向ける。

赤い珠の色と同じ赤い光。

医師はそっと赤い珠を赤ん坊の手に返した。

すると、今まで赤ん坊の体を包んでいた赤い光が赤い珠に吸い込まれるようにしてスゥっと消えていく。

病室内は静寂に包まれた。

「朱理、遅刻しちゃうわよ」

扉の奥で母親が叫んでいる。

「今いくー」

真っ白なシャツに澄んだ空のような青いブレザー、ブレザーと同じ青い色とイエローグリーンの重なりあったチェックに黄色の線が映える膝上のスカートという真新しい制服に身を包んだ姿を、部屋の壁にかけた鏡に映し最終チェックをしていた朱理と呼ばれた少女が叫んだ。

肩より上にある薄茶の色をした髪をくしで軽くセットする。

「これで、オッケーかな」

鏡を見つめながらニッと笑顔を作る。

シャツの合間から銀の鎖で繋がれた赤い水晶のような珠がちらりと覗いた。

「本当に遅刻するわよー」

また母親の声が聞こえた。

「はい、はーい」

机の上に置かれていた紺の学生カバンを手に持って部屋を飛び出す。

玄関前に止めてある母親の運転する車に乗り込んで発車した。

「いつもいつもトロトロなんだから、もう高校生になったのよ」

隣の助手席にいる自分の娘を横目に見ながら、全身を純白のスーツで決めたいつもよりも派手な姿の母親が愚痴る。

そう、今日から私、藍原朱理は高校生になった。

つまり今日は入学式なのだ。

近くの駐車場に車を止めて母親と学園へ向かう。目の前にはこれから毎日通うことになる学校、私立諸湖学園が見えていた。

四階建の白い校舎の周りには、歓迎しているかのように鮮やかなピンクの花を咲かせた桜の木が、春の風に吹かれ花びらを踊らせる。その中を朱理と同じく、今日から高校生になる新入生たちが父兄とともに通って行く。

青い空を気持ちよく流れる雲たち。その奥には暖かい日差しを届けている太陽の姿がある。絶好の入学式日和だ。

黒の筆字で『諸湖学園入学式』と書かれた文字が立てかけてある校門を通ると、すぐ右側に中世紀末期に建てられたような洋館の建物が建っていた。周りの雰囲気に似合わずその場所だけが別世界に入ったような感じを思わせる浮いた存在になっている。

「すてきな洋館ねぇ、…何があるのかしら」

母親がうっとりとした目になってその洋館に見惚れている。

「…図書館だよ」

母親の姿に呆れながら呟く。

「まぁ、そうなの？　朱理は物知りね」

「自分で決めた学校だもん、そのくらい知っています」

そう言って、朱理はさくさくと歩いて行く。

左側は自転車通学者用の自転車置き場になっている。

洋館風の図書館を少し進んだところ、昇降口玄関前には小さな広場が設けられている。広場の中央には円形の小さい噴水があり、いつも水飛沫を上げている。それに面して人の高さほどの掲示板が立ててある。いつもは学園側に関する情報などが張られてあるのだが、今日は新入生のクラス割りの紙が貼られていた。

自分のクラスを見るために新入生たちが掲示板に集まって見ていた。朱理もその中に割り込みクラス割りに書かれてある名前を見て自分の名前を捜し出す。

クラスは全学年五クラスのアルファベットA〜Eに分かれ一クラス四十五名でつくられている
朱理は順番にAクラスから見ていった。

「ないなー」

眉間にしわを寄せ一つ一つ見ていく。名前は五十音順に書かれていて、それが出席番号にもなっている。朱理は『藍原』、つまり『あ』から始まるので始めのほうに書かれているはず。見つけるにも簡単なはずなのにまだ名前を見つけていない。

もう既にDクラスまで来ていた。

「朱理ー、あったわよ。こっち」

隣のEクラスの紙があるほうから母親の叫ぶ声が聞こえた。声のしたほうに顔を向けると母親が朱理のほうに向かって手を振っている。

「…恥ずかしい」

朱理は急いで母親のとろへと向かった。

「お母さん、こんなところで大声出さないでよ」

手を振っていた母親の右手を掴み下ろさせると小声で言った。

「いいじゃないの。それよりも朱理の名前あったわよ、ここに」

楽天的な母親はケロッとした顔で言うと、目の前に貼ってある紙を指差した。

その先に目を向けると、確かに『藍原朱理』の名がEクラスの一番に書かれてあった。

「Eクラスか」

確かめるように呟くとその場を離れ昇降口へと向かった。

昇降口はさすがに生徒数が多いだけあって広々としていた。学年ごとに下駄箱が仕切られてあり、一年生は向かって右側のを使うらしい。

「ママ体育館で待ってるからね」

「うん、バイバイ」

スリッパに履きかえた母親は朱理に手を振ると校舎の南にある体育館へと歩いて行った。

朱理も上靴に履きかえて教室へと行こうとしたとき後ろから声をかけられた。

「あなたもEクラス？」

突然声をかけられ、声のしたほうに顔を向けた。

そこには一六五の朱理よりも十センチは低いであろうと思われる背丈で、天然のかかった肩ほどの髪を二つに三つ網にした少女が目を大きく瞬かせながら微笑んでいた。

「…はい？」

一応初対面ということで朱理も笑って見せるがうまくできず引きつってしまう。

うっ。この縋るような瞳って苦手なのよねぇ。

「さっき、Eクラスの下駄箱にいたでしょう？　あたしも同じクラスなの一緒に教室へ行きましょう」

「う、うん」

嬉しい顔で隣に並んでいる少女を横目に朱理は仕方なく一緒に行くことにした。

何で初対面の人なのにこんなに人なつこくできるんだろう。あたしには無理だね。

そんなことを思いながら隣を歩く少女に目を向けたとき少女と目が合ってしまった。

「ねぇ、さっき一緒にいた人ってお母さん？」

「うん…」

目が合ったことでドキドキした心臓を押さえながら頷く。

「すっごく奇麗な人ねぇ、しかもまだ若い。いくつなのお母さん」

「…んっと、…今三十三かなぁ」

朱理は顎に指をおいて考えながら答えた。

「三十三？　ってことは…十八のときの子供？　すっごい。いいなぁ若いお母さん。

うちのはもうおばさんだからなぁ」

「そうかなぁ、元気すぎてこっちが疲れるよ」

校舎の南側の階段を上り二階へと移動する。そのすぐ隣の教室が一-Eの教室だ。

北からA、B、C、D、Eクラスと続いている。ちなみに一階には職員室、会議室、校長室、保健室などがあり、二階は一年の教室、三階は二年の教室、四階は三年の教室という造りになっている。

朱理と少女は教室の後ろ側になる戸を右に滑らせて入って行く。

教室には今日からクラスメートとなる同級生たちが楽しげに笑い合っている姿があった。同じ中学から来た友人たちと、あるいはこの場で新たに仲良くなった者同士などで集まって話をしている。その中で、緊張しているのか自分の席らしき椅子に座ってただ周りの様子を見つめている生徒も見かける。

「あたしたちの席ってどこかなぁ」

少し背伸び気味の姿勢で少女は席を見渡している。そして、何かを見つけたのか席の間を走っていった。

「あった、あたしの席だぁ。出席番号順になってるよ」

廊下側から四列目、ちょうど中央の列の前から二番目の机の上にカバンを置いて朱理に叫んでいる。

「出席番号順か…ってことは…」

一人呟き、そして視線を一つの机に向ける。

廊下側から一列目の一番前。案の定、机の前と椅子の背の後ろに朱理の名前が書かれたシールが備わっていた。

「やっぱり…」

溜め息混じりの一言。

中学のときからずっと一番だった。『あいはら』よりも五十音文字で早い名字のもつ者とは今だ会ったことがない。

「一番って嫌いだぁ」

と机にもたれながら嘆いていると、身震いがするほどの視線を感じた。ゆっくりと頭を上げて視線を感じるほうに目を向ける。

ぎょっ。

気持ち体が飛び上がった。

「あなた一番だったのね」

そう、さっきまで一緒にいた少女だった。少女は朱理の机に両腕を乗せくっつきそうなほど近くに顔を寄せていたのだ。

朱理と目が合うとニコッと笑って、朱理の苦手とする子犬の縋るような瞳で見つめながら尋ねてきた。

「名前教えて？」

「あ、藍原朱理」

なるべくその瞳と合わさないように答えた。

「しゅり？　変わった名前ねぇ、けど可愛い。あたしね、田中理恵っていうの。〝たなかん〟って呼んでね」

理恵と名乗ったその少女は無邪気に笑顔を作って見せる。

朱理も釣られて笑って見せるが、どうも顔が引きつってしまう。

「あたしね、校舎の前にある図書館が好きなんだ。この学園に決めた理由のうちの一つよ」

「同じだ。あたしも洋西風に立てられた図書館がお気に入りで…」

朱理が言い終わらないうちに理恵は朱理の手を両手で握りブンブンと上下に振った。

「あたしたち気が合うのね。仲良くなれそうだわ」

「…そう、ね」

目の前で上下に振られている手を見つめながら朱理は呆気にとられていた。

そんな朱理のことなど知ってか知らずか、理恵のおしゃべりは止まらない。次から次へと出てくる話にただ相づちを打つだけである。

「田中さんって、チャリ通するんだ」

「もう、〝たなかん〟でいいよ。それに、電車で通ったらかえって遠回りになるんだ。藍原さんは電車通？」

「うん。憧れだったの電車通学に。よく漫画やドラマとかにある、電車の中での運命的な出会いって奴にね。それから、あたしのことは〝朱理〟でいいよ」

自分で言っておきながら朱理は頬を赤く染める。

「藍…じゃなくて、朱理はロマンチストなんだね。可愛い」

「た、たなか…んは、そういうこと何もないの？　あっもしかして彼氏がいるとか」

初めて〝たなかん〟という愛称を口にするのは結構勇気がいる。

「あははははっ」

理恵は大口を開いて高笑いをした。教室内にいた生徒たちが何事かと一時二人のほうに目を向ける。

「いないよ～。そのための共学でしょ。この学園内で花の学生生活を送るのだ。狙うはやっぱり年上、先輩方でしょう！」

人差し指を宙の一点に向けて自分の世界に入っている。

「これだけの人数がいるんだもん、一人や二人超カッコイイ人いるよねっ」

ついつい乗ってしまった朱理の言葉に理恵の耳がピクンっと動いた。

直感的に何かを感じ取った顔つきで朱理を見る。

「朱理、美形好みでしょう」

確信を持ったその大きな瞳を近くまで寄せた理恵の顔から離れるように、朱理は上半身を後ろに引いた。

「な、なぜ？」

内心どぎまぎしながら朱理が聞いた。

「あたしも美形には目がないのよねぇ。それで、朱理からもあたしと同じ匂いがするのよねぇ、美形好みの匂いが…」

うっ…当たってる。

「で、好きな芸能人は？」

期待の眼差しで見つめてくる理恵に退きながら朱理は口を開いた。

「…ジ、ジーニーズで…ＦＬＡＭＥの聖嗣くん」

「きゃぁ、あたしもジーニーズ大好きなの。ちなみにあたしはｅ６なのだ」

「えっ本当！」

理恵も同じジーニーズファンと聞いて、一気に朱理の顔が明るくなった。

同じアイドル好きの魂が引き付け合うかのように、二人は両手を握り合って喜んだ。

「あたしたちって、とことん気が合うわね。これも一つの運命だったりして」

…かもしれない。運命なのかもしれない、この出逢いも。

目の前にいる理恵を見ながら朱理は本気でそう思った。

―ガラガラガラ
朱理の席の側にある教室前方の戸が勢いよく開いた。

一五五ほどしかない背丈にもかかわらず、ビシッと上下紺のスーツを着こなし、肩まで癖なく真っ直ぐに伸びている黒髪を窓から差し込んでいる陽の光に輝かせながら潔く女教員が入ってきた。

見ため的にも若い、まだ二十五、六だろうと思う女教員が教卓の前に立ったのを見て、教室中に散らばっていた生徒たちが自ずと席に座る。

朱理の側にいた理恵も、

「またね」

と、言い残して自分の席へと戻って行った。

女教員は全員が席に座ったのを見届けると、教卓に両手をついて息を吸った。

「Hi！　高校生の諸君。我が諸湖学園へようこそ。私は、君たち一‐Eの担任、山岸あゆみ。よろしく！」

小柄な体のわりにはよく通る声で、山岸と名乗った教員は、息継ぎをしているのか？　と思うほどに連絡事項を説明している。生徒たちは、その説明を聞き入れるだけでも精一杯という顔で山岸のことを見ていた。

「それでは諸君、入学式を行う体育館へと移動するので廊下に並んでください」

やっと終えた山岸の説明に安堵のため息を漏らしながら、生徒たちはガタガタと音を立てて廊下へと向かう。

「出席番号一番から一列ね」

教室を出て行く生徒たちを教台の上から見ていた山岸が叫ぶ。

「えっ、てことは…先頭？」

廊下に出ていた朱理は口の中で呟きながら体育館進行の先頭に並んだ。

全員が並んだのを見届けると、山岸は朱理の前に立ち歩を進めた。その後を一列に並んだ一‐E生徒が続く。

教室の隣にある階段を下りて南へ向かう。体育館へと続く渡り廊下に出ると、既にA～Dクラスの生徒たちが並んで待っている姿が見えた。その最後尾に一-Eがつく。渡り廊下は外に筒抜け状態なため、春のまだ肌寒い風が髪を揺らす。

入学式が始まったらしく、Aクラスが体育館の中へと入って行く。微かに体育館から拍手喝采が聞こえてくる。その音が徐々に大きく耳に、体に響いてくる。Bクラス、Cクラス、Dクラス、そしてEクラスが扉の前へと立った。体育館の高い二枚の扉が迎えているように大きく開いている。先頭の担任、山岸は開いた扉の間を一歩進んだところ斜め三十度ほどに一礼してから歩き始めた。その三歩後ろから朱理が緊張した足取りで続いた。奇麗に整列されたパイプ椅子に座っている父兄の間に作られた花道を歩いて指定されたパイプ椅子の前に立ち並ぶ。全員が入り終えたところで新一年生の生徒たちはパイプ椅子に座った。

生徒数が多いだけあって、体育館の中は広々と、かなりの広さに造られていた。天井も高く、上から見下ろせるギャラリーも左右、後方にと見える。目の前には、これまた広いステージがあり、中央に学園のシンボルでもある剣が二つ交差してある校章が輝いている。

体育館の中は拍手が消えて静寂に包まれた。教員、来賓の方々、父兄、新一年生が見守る中ステージ上に設定されたマイクの前に一人の男が立った。

この諸湖学園の理事長、保田正勲理事長だ。一八〇はあるだろう長身で、まだ五十前半の若いといえる年齢。顔は、動物で例えるなら馬だ。理事長の祝いのあいさつは生徒にとって辛い戦いであった。かた苦しい言葉ばかり並べられたあいさつは睡魔となって生徒を襲っていた。

朱理もまた、頭を上下左右に揺らしながら睡魔と戦っている。

長かった理事長のあいさつが終わったと思えば、今度は学園長の宮島仂の祝いの言葉が続く。

宮島学園長は五十後半の年齢で、背もそれほど高くはない。普通のおじさんって感じだ。ただ、話をしている間中ずっと笑顔だった。別に作っているわけでもない、この笑顔が学園長の顔だとわかる。でも、今はそのやさしい笑顔と穏やかな声は余計に眠気を誘う心地好さだった。

もうダメ、瞼が重い。

朱理の目が閉じようとしたとき、微かに開いている視界の端に今までとは違う光が見えた。

「生徒会長、祝辞。二年A組、長栄聡」

その光は、今さっき宮島学園長がいたステージ上へと向かう。中央に置かれてあるマイクの前に姿を現したとき、今まで閉じようとしていた朱理の瞳が音を立てて見開いた。

おそらく、女子生徒や父兄たちのほとんどが朱理と同じく目が覚めたであろう。

皆の視線の先には、一七五はある背丈で太くもなく細くもない、だけど体の線が細く繊細な作り、オークルブラウンの髪が少し目に掛かっている。動く度に光で輝くその髪がさらさらと揺れている。その下には色白で美しく整った顔が見ているものにため息をつかせた。眉目秀麗、容姿端麗、才色兼備しかも、生徒会長を努めているぐらいだから成績優秀なのであろう。澄んだ青いブレザーの制服を着こなし、手にした祝辞を読み上げる声は聴いているものをやさしく包んでくれているようだ。

そんな生徒会長の姿を新一年生の女子生徒はもちろんのこと、男子生徒や父兄、まして や教員までもがその容姿に見惚れていた。

美形好みの朱理も、終始生徒会長から目が離せないでいた。

長かった入学式が終わり、教室へ戻ると同時に理恵が朱理の側に寄ってきた。

「見た、見た！　生徒会長さん、すっごく奇麗だったよね。あたしの理想そのもの。あの身長にさらさらヘアー、心を和ます声、そして美しすぎる顔。あぁ、この学園に来て本当によかった」

と言った理恵の目はどこか遠くを見つめている。

…もしやたなかん、恋したかも。

朱理は、まだ生徒会長の姿に浸って頬を赤く染めている理恵を見て直観した。

「入学早々、王子様に出会えるなんて…」

理恵は赤く染めた頬を両手で覆うと、少女漫画のヒロインにでもなったかのように感動している。

束になったプリントの山を抱えて山岸が教室に入ってきたため、理恵の話は中断され自分の席へと戻る。

「高校生の諸君。これから配るプリントは、この学園に関する大事な資料なのでよく読んでおくこと…」

プリントを配り終えた山岸が教卓に手をついて話し始めている。

渡された数枚の白い紙に機械の文字が書かれている用紙を見つめていた朱理の目には何も映っていない。

「…王子様か、いるかなあたしにも…」

理恵が言った言葉をくり返すように呟く。不意に、忘れていた眠気が襲ってきて朱理は大きなあくびをした。

「そこ、堂々とあくびしない！　一番前で目立つぞ。女の子なんだから、隠すくらいしなきゃね」

口を大きく開けた瞬間、目ざとく山岸に見つけられクラス中の視線を浴びてしまった。あくびで涙目になった顔を両手で覆い隠す。教室のあちこちからクスクスという笑い声も漏れている。

やばい。入学早々目立ってどうする。

朱理は三列向こうの斜め後ろで可笑しく笑っている理恵を視界の端に映しながら、ため息をついた。

「今日はこれで終了。明日は全校生徒が登校することで対面式と部活紹介など、学園のことをよく知ってもらうことになります。初日早々遅刻なんてしないように。わかったかな、あくび少女」

山岸は最後の言葉に意味ありげな笑みを加えながら朱理に視線を向けた。

ひぇ〜、〝あくび少女〟だって。

またもクラスに笑いが起こった。

「〝あくびちゃん〟じゃなくてよかったね」

山岸が教室から消えて帰る生徒の合間の中、理恵が含み笑いを押さえながら話しかけてきた。

昇降口に向かう中「じゃあな、あくび少女」とクラスの生徒に声をかけられたりもした。その度に隣にいる理恵は、肩を小刻みに震わせて笑っている。

「いつまで笑っているの？」

顔が緩みっぱなしの理恵を睨んで靴に履き替えた。

「ごめんごめん。じゃ、明日ね、バイバイ」

頬を膨らませている朱理に笑顔を向けて理恵は手を振りながら去って行った。

そんな理恵を見つめながら手を振り返して、校門前で待っている母親のところへ駆けて行く。


昨日の学園からは想像つかないぐらいに賑やかになっている諸湖学園初日。

全校生徒七百名近い生徒が集結した体育館はさすがに狭苦しい。
一、二コしか違わない二、三年生は、一年生から見たらすごく大人に見える。そんな先輩たちの視線に緊張しながら前に立ち並んだ。
ここ諸湖学園の校風は他の学校から比べるとかなり自由なほうだ。そのため先輩方の髪型、色彩が様々である。金髪やら、真っ白のメッシュ。真っ赤の鶏冠などとてもここが学校とは思えない。

そんな中で壇上には、安心できる光を放った一人の男子生徒がマイクの前で凛々しく姿勢を正し立っていた。

昨日の入学式で祝辞を読んだ生徒会長、あの眉目秀麗容姿端麗の長栄聡だ。

「新入生の皆さん、改めて入学おめでとう。我が〝諸湖学園〟を楽しい学生生活にしていきましょう。その第一歩として、我が学園が誇る部活動をこれから紹介していきます。では、各部代表者は壇上へ出てきてください」

聡の合図で壇上には数十名の各部代表者が姿を現した。それぞれ部のユニフォームやコスチューム、小物などを身に付けて。

「長栄先輩、今日も素敵」

いつの間にか朱理の隣に移動して来た理恵は、今や壇上の下に降りている聡の姿しか見ていない。

「たなかんは部活どうするの？」

と聞いている朱理の声すらも聞こえちゃいないようだ。

生徒数が多いだけあって、部活も運動部、文化部、愛好会、同好会など大学のサークル並みに種類が様々である。全ての紹介を聞くだけでかなりの時間がかかった。

部活紹介が終わった後は、今年予定している学園行事の説明をして対面式は終了した。

「朱理は部活どこにするか決めた？」

教室に戻る廊下を歩きながら理恵が聞いてきた。

「う…ん、それが、全然考えていないんだよね」

隣を足ばやに過ぎていく他のクラスの生徒に目をやりながら朱理は応えた。

「…たなかんは？」

「あたしは既に決まっているんだ」

「なに？」

朱理の問いに理恵は目を細めた笑顔で、

「マンガ研究倶楽部！」

と、指を立てて答えた。

「マン研って、他の高校にはあまりないんだよね。近場ではゆいいつあったのがこの学園だけだった」

　朱理と理恵は教室に来てからも話は続いた。

「でも、帰宅部っていうのもいいかもね。放課後自由になれるし」

「何言ってるのよ。それじゃあ、つまんないよ。部活活動もあって高校生活が楽しいんじゃない」

　理恵に言われて朱理は考え込んだ。

「すぐに決めなくちゃいけないって訳ではないんだからさ、ゆっくり考えようよ」

「そうだね」

　とは言ったものの、部活のことなど何も考えていなかった朱理にとっては非常に難しいことでもあった。

　帰りのＨＲ（ホームルーム）では、軽く明日から始まる普通授業のことを伝達されただけで終わった。

　その後の放課後は、部活勧誘や見学などで祭り並みの騒ぎに変貌していった。

　背の高い生徒や体格のいい生徒は運動部に誘われ、女子は同じく女子の先輩方に捕まっていたりと。あるいは、カッコいい先輩のいる部に見学していたりと賑やかであった。

「じゃ、あたしは早速マン研に行くね」

帰り支度をしている朱理に手を振って理恵は教室から去って行った。

一人残された朱理は、そのまま帰ることなく校舎内をぶらぶらと歩いていた。もちろん一六五の朱理の背丈に目を付けた運動部からの誘いも受けた。バレーにバスケ、陸上部など。たまに演劇部や映画部にまで。朱理自体は気づいていないらしいが、周りから見た朱理ははっきり言って目立っていたのだ。身長のわりには痩せているほうで、スカートから覗くすらりとした長い脚、耳寄りちょっと長めのオークルな髪は歩く度に軽くなびいている。小さな顔に大きなオークルな瞳は、少し猫目のように鋭く、どちらかと言えば男並みの凛々しさだ。モデルとしても通用できる体型と容姿が、周囲の生徒の視線を引き付けていた。

次から次へと来る勧誘を交わしながら廊下を歩いていると後ろから肩を叩かれた。

「よ、人気者だねぇ、あくび少女は」

声のするほうに顔を向ける。そこには朱理よりも二十の差があるだろう、同じクラスの瀬角朋也が立っていた。

「…えっと。確か、同じクラスだったような」

見上げる形で朱理は朋也の顔を見つめた。

「瀬角朋也。朋也でいいよ。あんた、あくび少女だろ」

眉を寄せている朱理に朋也は、肩ほどまでに伸びている髪を手でかきあげながら明るく言った。

長髪がやけに似合っている朋也もまた、モデル並みの容姿をしている。側を通る女子生徒の視線が朋也のことを振り返る。けど、鋭い瞳と雰囲気が近寄りがたくしていた。そんな朋也と朱理が一緒に並ぶと更に絵に描くようなお似合いのカップルになっていた。

「あくび少女はやめてよ。あたしは朱理。藍原朱理よ」

朱理は顔を膨らませて見せた。

「悪ぃ、ところで部活決めたのか？　いろんなとこに誘われていたみたいだけど」

まだ二人の周辺に、チャンスがあれば誘い出そうとしている先輩方のことをちらっと見て朋也が言った。

「全然。いっそのこと帰宅部にでもなろうかとも考えてるし」

「もったいないなぁ、部活も青春の一つだぜ」

たなかんと同じこと言ってる。

そう思ったけど敢えて口には出さなかった。

「じゃあ、朋也は部活決めたの？」

「もっちろん。ジャジャーンと軽音部にね」

ギターを弾く真似をしながら朋也は言った。

「軽音か、カッコいいじゃん」

「まぁな。朱理もいいとこ探せよ」

朋也はそう言い残して去って行く。と、同時にまた朱理の周りには部活勧誘の先輩方で埋まってしまった。

「ぜひうちのチアガール部へ」

「その容姿は、将来有望な映画部に」

我先にと朱理にアピールしている先輩方に朱理はお得意の微笑を浮かべた顔で、

「すみません」

と軽く言って、その場から走り去った。

朱理の笑顔に一瞬怯んだ先輩たちは、既に姿が消えていた朱理を追うことはできなかった。

「あの足を我が陸上部に欲しい…」

「何言ってるのよ、あの子は演劇部がお似合いよ」

残された先輩たちだけで争いが始まっていることも知らず、朱理は一階の廊下、学園長室前まで来ていた。

「はぁ、どうなるかと思ったよ」

後ろから追ってきていないかを確かめてから朱理は立ち止まった。

「しかし、部活どうしようかなぁ」

考えながらふと顔を窓のほうに向けた。

散り始めている桜の中を生徒たちが帰って行く姿が見える。朱理も帰ろうかなと歩を進めたとき、窓側の壁に飾られてある一つの額に目を奪われた。

それは、モノトーンカラーの一枚の写真だった。

「奇麗…」

写真の中には、満開に咲く桜の木の奥で子供たちが元気に運動している姿が写されていた。満開の桜からは太陽の陽が白く輝いて写っている。それがまた、写真を見ている者の心を和ませてくれているようだ。

しばし時間も忘れて朱理はその写真を見入っていた。

「気に入ったかね」

突然後ろから声をかけられて、朱理はびくんと体が鳴った。

声の主は朱理の右隣で写真を見上げながら話し始めた。

「この木はね、ここの学園の校庭の一角に咲いてある桜の木だよ。学園の中だけではなく、この周辺の中でも一番樹齢が長く立派な桜なんだよ。今年もたくさんの奇麗な桜を咲かせてくれたね」

と言って向けられた笑顔は、学園長の宮島仂だった。

「これって、ここの学園で撮られたものなんですね。ってことは、写真を撮った人って…」

「ここの生徒だよ。もう、卒業しているけどね」

朱理は隣で話している宮島のことを見た。

朱理よりも背が低い宮島を見下ろす形となっている。

「そうそう、この写真を撮った本人は今戻ってきているよ。教員となってね」

宮島の言葉に朱理は声を上げた。

「本当ですか？」

「あぁ、長根君だよ。確か、写真部の顧問をしているはずだが…」

「写真部…」

朱理は口の中で呟くと、またモノトーンの写真に目を向けた。

決心をつけたかのように朱理の顔には軽く笑みが浮かんでいた。そして、隣にいる宮島に、

「ありがとうございました。さようなら」

と会釈をして歩き出した。

朱理の向かう先は、文化系部活の部室がある北棟一階である。

北棟は移動教室がある校舎でその一階には文化部部室が設けられているのだ。各部室の戸がずらりと並ぶ廊下。右側に窓がいくつかあるが、外の日が届かず薄暗い。昼間にもかかわらず何か出てきそうな雰囲気である。

そんな中を朱理は気持ち怯えながら歩いて、最後の一番奥にあった戸の前で歩を止めた。戸のところに青い文字で『ようこそ！　写真部へ』とだけ書かれた紙が貼られている。それを確認してから一旦深呼吸をして心を落ち着かせた。

トントン
戸を軽く叩いて間もなく、中から返事をする女の人の声が聞こえた。

朱理は静かに戸を開けた。

薄暗い廊下にいたため、中から差し込む太陽の光で一瞬目がくらむ。が、改めて目の前にした部室に朱理は唖然としてしまった。

想像していた狭くて暗い、陰気臭い空間とはまるっきり違っていたのだ。

まず朱理の脳裏に浮かんだのは「ここは何処？」という言葉だった。それもそのはず、一言でいえば、一般の家のリビングルームだ。フローリングにした床の上には上品な毛の長いラグが敷かれている。中央に置かれている透明なシースルーテーブルの側には、どこから持ってきたのかイエローウォーカーの皮製でできた大きなソファに強烈な存在感で目をひかれてしまう。艶のいい皮製のソファはブランド品に疎い朱理にでさえわかるほど豪華で高価なものだ。陽にあたっている窓際のデスクの上には、難しそうな分厚い著書がどっさりと並べてある。そして、入口の近くにはテレビが置かれてあった。一般家庭にある、もしくはそれよりも大きいともいえる大画面のものだ。

あたしの家よりもお洒落で豪華だ。

あまりのすごさに茫然としていた朱理を見て、手前の大画面テレビでゲームをしていたのか、ＰＳのコントローラーを手にしているボブショートの女子生徒が声をかけてきた。

「何？」

朱理は部室の豪華さに気をとられて、中にいる人たちのことなど視界に入っていなかったらしい。いきなり声とともに目の前に現れた女子生徒の姿に慌てながらも応じる。

「あ…あの、ここって写真部ですよね」

写真部ということからかなり遠ざかっているこの部屋のギャップに、ついこんな質問をしてしまう。

「もしかして、入部希望者？」

朱理の質問に反応したのは、ソファの影から顔を出した、黒縁眼鏡をかけた小柄な男子生徒だった。その手には何をしていたのかドライバーが握られている。

オタクっぽいと思いつつ、もう一度聞き直す。

「あのぉ、写真部ですよね」

同じことを何度もいわれたことで気に触ってしまったのか、窓側のデスクで本を読んでいた女子生徒が尖のある口調で、

「そうよ。表のポスターに書いてあったでしょう。見ないできたの？」

と朱理を見据えた。

黒髪を一つに上で束ねているだけなのに、妙に大人の女性を醸し出してみえる。品のある仕種が何処かのお嬢様と見て取れる。

「はぁ、見ましたけど…」

どう接したらいいのかわからず、入口のところでただ立っていたら、突然後ろから誰かに突き飛ばされた。

「うわっ」

勢いで体勢が崩れて部室の中に倒れ込んだ。

「あっ悪ぃ。けど、そこで突っ立っていると危ねぇぜ」

さっきまでいた場所を見上げると、制服のポロシャツは砂埃で汚れ、短髪の黒髪も乱れている一九〇はあると思う長身の男子生徒が、体を起こそうとしている朱理のことを見下ろしていた。

何？　この砂まみれな人も写真部なわけ？

見るからに運動部系の体型の男子生徒は、汚れた制服など気にせず中へ入ろうとしていた。

「ちょっと待った」

そこを、テレビゲームをしていた女子生徒が制した。

「また、サッカー部と遊んできたでしょう。入るんだったら、その砂を外で落としてからにしてよ。今日は新入生が来ると思って奇麗に掃除したんだから」

「わかってるよ…ったく」

ブツブツ言いながらも長身の男子生徒は、言われた通りに部室から出ていく。戸の奥で砂を落としている音が聞こえた。その後、前よりは奇麗になった姿で部室に入ってきたところで目が合ってしまった。

「ところで君は誰？　見たことない顔ということは新入生？」

まだ入口のところで立っている朱理の顔をじーっと見つめながら、長身の男子生徒は戸を閉めた。

「新入生だよ。入部希望だって」

ソファの影にいる黒縁眼鏡の男子生徒が言った。

それを聞いた長身の男子生徒はにっこりと微笑すると、朱理の肩に手を乗せて部室へと押し入る。

「入部希望だったとは、早く言えよ。さっ、入った入った」

ここの部室内はシューズ厳禁だったので、押し込まれながらも急いでシューズを脱いだ。そのまま中央に置かれたソファへと座らせられる。ソファの中心部分に腰を下ろすと、皮の軋む音とともに重心がソファに包み込まれる。座り心地は抜群だ。

「ここに、クラスと名前を書いて」

いつの間に用意したのか、下のラグが透けて見えるテーブルの上に入部希望の用紙とペンが置かれていた。

どうしよう、勢いで来たものの今さら不安になってきた。

入部希望の用紙を目前にして、朱理は帰りたい気分になっていた。

「あの…、あたしはただ見学に」

と言う朱理の言葉など聞いていないかのように、ちゃっかり隣に座っている長身の男子生徒は、嬉しそうな笑顔で朱理のことを見ている。話なんて聞いてくれそうもないな。仕方ない、とりあえず形だけでも入部しておこう。嫌だったら退部届を出せばいいし。

自分に言い聞かせながら朱理はペンを取って、用紙を書き始めた。

「一年E組。あいはら…しゅり？　珍しい名前だねぇ」

書き終えた用紙を見ながら長身の男子生徒が言った。

その用紙を黒縁眼鏡の男子生徒がもらい、そのまま奥の壁へと姿を消した。

えっ？　この部室って、もう一つ部屋があるの？　確かに廊下側から見た戸の位置的には部屋が狭いと感じたけど。

朱理が黒縁眼鏡の男子生徒が消えた右奥の壁を見つめていると、黒縁眼鏡の男子生徒と一緒に、緩いパーマの髪、陽に当たると赤茶に見える髪を後ろで一つに結んだ女子生徒が姿を現した。

気付くと部屋にいた生徒たちが朱理を囲んで集まっている。

皆の視線が体に刺さるほど痛い。

「ようこそ、写真部へ。この部の説明をこれからするので聞いててね」

その女子生徒は、テーブルを挟んで朱理の正面に座りハキハキした口調で話し始めた。

「まずは、今ここにいる部員の紹介から。写真部は今六名しかいない少人数の部なの。ここにもう一人いるはずなんだけど、その子は活動があるときにしか来ないからその時にでも紹介するわ。では…」

そういって、朱理の後ろにいる黒縁眼鏡の男子生徒のほうに目をやった。

「写真部部長の大熊悟、三年。部室に来ても可笑しな発明品みたいな、ガラクタばかり作っているだけ」

「ガラクタっていうなよ。ちゃんと使えるものなんだからさ」

大熊は口を尖らせて反論すると、すぐ前でその様子を見ていた朱理に視線を落とした。

「僕ん家、電気店なんだ。機械に触るのが好きでさ、いつか僕の発明品を製品にして売ることが目標。あっ、もし家の電化製品が壊れたりしたら僕に任せなさい」

薄い胸元を拳でトンっと叩いて見せるが、全然頼りない…。

「この人のことは〝部長〟と呼ぶだけで通るから。一種の愛称よ」

さっきまでテレビゲームをしていたボブショートの女子生徒が言った。

「同じく三年の渡辺美弥子」

窓際のデスクにいたお嬢様風の女子生徒が、紹介されて軽く会釈をした。つられて朱理も頭を下げる。

「美弥子さんの家、すっげー金持ちなんだぜ。あの渡辺財閥のお嬢様。本物の令嬢だよ」

長身の男子生徒が、まるで自分ことのように美弥子について語り始めた。

へぇー、本当にお嬢様だったんだ。どうりで周りの空気が違うはずだ。

言われることが慣れているのか、長身の男子生徒が話す声など聞こえていないかのように、優雅な姿勢で本を読んでいる美弥子の姿を見つめ納得する朱理であった。

「ここのソファやテーブル、テレビなど、ほとんどの家具が美弥子さんの家で要らなくなったものを貰ったんだ。ソファなんか本皮だぜ。しかも、美弥子さんは学園一の頭脳をもつ優等生でもあるんだ」

「このうるさい男は二年の伊藤恵一。見ためだけでなく中身も馬鹿なのよ。いろんな部に顔を出しているらしいが、正式に届を出しているのはこの写真部だけらしい」

紹介された長身の男子生徒、伊藤は朱理の手を両手で握るとブンブンと振った。

「仲良くしてね。困ったことがあったら何でも相談にのるぜ。何なら恋愛相談でもO・Kだよ」

上下に振られている手を見つめながら、とりあえずは愛想笑いをしてみる。

「いいかげん手を放したら？　嫌がってるじゃない」

「今言ったのが二年の櫻井ゆか。部室に来てもテレビゲームをしているか寝ているかのどちらかだね」

ゆかに言われた伊藤は仕方なくといった形で朱理の手を放した。

「ひどいなぁ先輩。部室の掃除をしたりと管理がてらに留守番しているんですよ」

「授業さぼってるだけじゃん」

伊藤に言われて、ゆかは伊藤を睨め付ける。

「最後はあたし、小野寺久美。三年。一応副部長です。写真部の活動は主に、学園行事のときかな。あとは各自でコンテストに応募したりする程度よ。それから、隣の部屋に暗室があるから自分で現像もできるようになっているからね」

久美に優しく微笑まれて、一応笑顔を作って見せる。

「それでは、藍原の番かな」

出し抜けの伊藤の言葉で朱理の笑顔が更に引きつった。

「新入部員として、自己紹介して欲しいかもね」

久美にまで言われ、皆に見つめられるなか朱理はソファから立ち上がった。

「一年E組、藍原朱理です。写真やカメラについては全くの初心者ですがよろしくお願いします」

勢いに任せて一気に言うと、皆の視線から逃げるようにストンっとソファに座り込む。

「あぁ、短すぎる。それだけじゃ、藍原のことわかんない」

ぶりっ子の真似で伊藤がすねてる。

「そうだねぇ、例えば、この写真部を選んだきっかけとか」

「それそれ。藍原ほどの美形は他の部からの誘いも多いはずだぜ。特に、映画部や演劇部などにチェックされてそう」

久美に続いて伊藤が、朱理の顔をまじまじと見ながら言った。

「…さっきまで勧誘の方々に捕まってましたけど。あまりのすごさに戸惑って逃げるのが大変でした。でも、皆さん部活に力入れているんですね」

と、軽く言う朱理に一同言葉を飲んだ。

(その容姿だから勧誘攻めにあうんだよ。っていうか、こいつ自分のことわかっていないな)

皆の視線の意味など知らずに朱理は首を軽く傾げる。

「他の部の誘いから逃げていた貴女がこの部に来た理由は?」

本を読んでいたはずの美弥子が本に目を向けたままで朱理に聞いた。

「それは…、勧誘から逃げ切れた後に一階の廊下に飾られている一枚の写真を見つけて…っていうか、その写真にひかれて」

「知ってる。その写真撮ったのって確か長根さんだよ」

ゆかが身を乗り出して言った後に、大熊が続けた。

「その写真だったら僕も知ってるよ。長根さんが学生の頃に、全国写真コンクールで最優秀賞をとったものだって」

「なんだ、なんだ。珍しく俺の話題か?」

不意に入口のほうから声がしたため、一同声のほうに顔を向ける。

一六五ほどしかない身長。真っ白な白衣の両ポケットに手を突っ込み、窓からの陽に反射して光る縁無し眼鏡が、妙に怪しい雰囲気を漂わせている。

「…部長さんの、ご兄弟?」

入口に立っている白衣姿の男とソファの後ろにいる大熊を交互に見ながら朱理が声を出した。

その瞬間爆笑となった。

「あはは。違うよ。確かに似ているけど、全くの他人。この人は、今話していた長根さん。写真部の顧問だよ」

テーブルに顔を伏せて苦しそうに笑いながら、ゆかが教えてくれた。

「初めて会う人ほとんどがそういうんだよ。そんなに似てるか？　俺と大熊」

笑い転げている部員たちを見下ろしながら、白衣の男、長根信弘が聞いた。

「似てるも何も、同じ顔。長根さん童顔だからねぇ」

笑いを押さえているのだろうけど、久美の声は震えている。

「若く見られているってことよ」

口に手を当てていた美弥子が言った。それでも口調は冷めている。

「そうかぁ？」

長根は眼鏡のズレを指で押し上げながら、空いているラグの上に腰を下ろした。

「長根さん、今日から写真部の一員になった藍原朱理くんでぇす」

笑いが落ち着いたところで伊藤が朱理のことを長根に紹介した。

「おぉ、これはこれは、ようこそ写真部へ」

朱理の姿を認めると、一度座った体を立たせて手を差し出した。

差し出された手に躊躇しながらも、朱理は自分の手をその手に重ねる。

「学園長室前の廊下に飾られている長根さんの写真に惚れて入部してきたんだって」

大熊の言葉に、長根は握っている手をブンブンと上下に振った。

「君は素晴らしい。こいつらなんか、俺の腕の良さを知ろうともしないもんな」

そんなことを言いながらも長根は楽しんでいる様子だ。

生徒たちと交えて馬鹿話などをして盛り上がっている長根を見つめていると、とても教員には見えない。

…さっきから聞いていると、先輩たち長根先生のこと『さん』付けで呼んでるよね。

和気あいあいの先輩と長根のことを視界に入れながら疑問を抱く。と同時に声に出して聞いていた。

「どうして、先生のこと『さん』付けなんですか?」

「だって、先生って感じしねぇもんな」

初めに答えたのは伊藤だった。

「俺も、『先生』と呼ばれるよりは気が楽だし。藍原も堅いことはなしでいこう。この部では、皆仲良く、平等がモットーだからな」

仲が良いというよりも怪しい風景だと朱理は思いながら頷く。

「それから、部室の鍵は後日渡すよ。いつでも好きに使っていいから。活動は滅多にしていないけど。こいつらなんか使い放題だしな。だからって授業はサボるな、特に俺の授業」

そういうと、長根は隣にいる伊藤の顔を見た。

「何で俺を見るんだよ。サボりの常連はこいつだぜ」

長根に見られた伊藤は、テレビの前に座っているゆかのことを指さす。

その指の視線に気付いて、伊藤を擬視した後、ソファの後ろに立っている大熊に目をやりながらゆかが反駁する。

「指ささないでよ、失礼ね。サボり王は部長よ」

「なんだよ。隠れ部屋に小野寺がいつもいること知っているんだから」

「そんなにいつもはいません」

ゆかに振られて動揺しながらも大熊が言うと、久美はピシャリと断言する。

「それこそ大同小異ね」

デスクで本を読んでいる美弥子がぼそりと呟いた。

「馬鹿ばっかだけど、気軽に顔を出しに来なさい」

締める長根の言葉で、言い合っていた部員たちはにっこりと微笑して朱理のことを見た。

初めの印象とは違って〝いいひと〟に見える。

ちょっと変わっている部だけど、面白そうかも。

朱理は心の中でそう呟いた。


朝から晴れ晴れとした雲一つない青空。コバルトブルーの絵具を零したかのような空から、白く輝く太陽の日差しが若葉の上できらめいている。四月にしてみれば、少し暑いぐらいだ。

今日から高校生としての授業が始まる。

ずっしりと教科書の入った学生鞄を音をたてて机の上に置いた。

ほとんどがこの諸湖学園の生徒で埋まった満員電車の通学で疲れた体を椅子に落と

す。

「おっはよう、朱理」

それと同時に朝から耳の奥に響くような声が、机にもたれている朱理の頭上から振りかかった。

キンキンと響く声に眉を歪めながら、顔を声の主に向ける。その視線の先、朱理の目の前には朝から元気な笑顔を見せている理恵の姿があった。

「…おはよう、朝から元気ね」

起き上がりながら聞く朱理に、理恵は何も言わずにただ笑顔を作っている。

「何か、良いことでもあった？」

そう訪ねた朱理に、待ってましたといわんばかりに身を机の上に乗り出して理恵は口を開いた。

「聞いてくれる？〝マン研〟の部室にある窓から校庭が見えるんだ。いいポジションで。しかも、部室の前はサッカー部の溜り場で、休憩したり着替えたりもしてるんだよ」

話しながら理恵の頬がほのかに赤く染まってきている。

「その中に、あの生徒会長、長栄聡先輩もいたのぉ。光る汗を散らしながら走る姿も魅力的で素敵だったわ。走る風になびくサラサラな髪、透き通るような白い肌、何をしてもさまになる姿に目が釘付けだったわ。気づけば、サッカー部の練習が終わるまで見ていたの」

胸の前で両手を組、宙の一点を見つめている瞳にハート型が見えそうな輝きを放っている理恵は、まるで少女漫画にでも出てくる恋する乙女の姿だった。

「おはよう、高校生諸君」

理恵よりも更に元気な声で、担任の山岸が出席簿を抱えて教室に姿を現した。

山岸が教卓の前に立つ頃には、教室中に散っていた生徒たちは自分の席に着席していた。それを確認するかのように一瞥してからHRを始める。

「昨日の部活見学はどうだった？　入部した者もいたようだが…中津？」

教卓の前、中央の列の最後尾に座っている、髪を黄茶に染めた中津舜一を見る。

「お、俺？」

突然振られて、慌てて立ち上がった中津が、

「サッカー部に入りました」

少々関西訛の入っている言葉で言うや否や椅子に座る。

「サッカー部か、人気あるからな。特に女子にね」

と山岸が言い終わらないうちに舜一の右前の席にいる朋也が右手を上げながら声を上げた。

「俺、軽音部でーす」

モデル並みの整った容姿とスタイルをもつ朋也にはつい見惚れてしまうほどだ。

「誰も聞いてないよ、瀬角」

「そんなぁ」

山岸の冷めた一言に、朋也は大袈裟に嘆いて見せる。その姿にクラスの皆からくすくすと笑いが漏れる。

奇麗な外見とは不釣り合いなお調子者の性格は、既にクラスの中心物になっていた。

「高校生諸君、部活もいいけどこれからは勉強のほうにも力を入れるように」

勉強という名詞に、生徒たちからため息が漏れた。

高校初の授業は、数学。

真新しい印刷の香りがする『数学・I』と書かれた教科書を机の上に用意していたら、目の前の入口から髪がほとんど白く染め上がって、茶縁の眼鏡をかけた中年教員が入ってきた。

「ここのクラスは元気がいいな。若者は元気が一番！　だな」

教卓に立つなり、頭に響くほどのガラ声で生徒の視線を自分に向けさせる。

あまりのデカイ声に朱理は耳を押さえた。

まだこのクラスには委員長と呼ばれる制度ができていないため、始まりの号令はない。

「ええ、君たちの数学を担当する折原和男だ、よろしく。では、出席を取る」

折原と名乗った教員は自分のペースで進めていく。

黒い表紙の出席簿を開いて、一番から名前を読み上げる、もちろん第一声の名前は、

「藍原朱理」

であった。

名前を呼ばれた朱理は一番前の席で返事をしながら立ち上がる。名前と顔を一致させるため、呼ばれたものは立たなくてはいけないのだ。

折原は廊下側列の一番前で立っている、すらりとした長身の、整った奇麗な顔の朱理を見つめる。覚えた頃に、次の名前を読む。朱理と入れ替わりに後ろの席の生徒が返事と同時に立ち上がる。

テンポよく進められていくなか、中盤まで差し掛かったとき流れが一旦止まった。

「次、堂場聖嗣」

「…」

静寂した空気が流れた後、生徒たちの間にどよめきが聞こえてくる。

そして、呼ばれたはずの席に視線を向ける。教卓の前、中央の列の前から六番目、中津舜一の前が空席になっていた。

休んでいる人なんていたんだ。知らなかった。山岸先生出席とらないからなぁ。

朱理は生徒の合間から見える空席の机を凝視したまま動きを止める。

「…どこかでよく聞く名前だった…ような…」

思考をめぐらせながら口の中で呟いた。

ざわつく生徒たちと比べ、一人落ち着きながら、折原は何かに納得した顔で次へと進める。

「…では次、中津舜一」

「はぁーい」

呼ばれた舜一が、今の間をかき消すような浮かれた声で返事をしながら立ち上がった。その声で、ざわついていた生徒たちは顔を前に向けて姿勢を戻した。

けど朱理は、欠席の〝堂場聖嗣〟のことが気になって仕方なかった。

休み時間にクラスの男子と話をしていた舜一の話によれば、その〝堂場聖嗣〟の姿は入学式からなかったという。しかも、今日の授業教科担当の教員たちは、欠席の理由を隠すようにして納得していたのだ。

更に追い打ちをかけるように、気になっている朱理に理恵が一言。

「〝堂場聖嗣〟ってさぁ、ＦＬＡＭＥの聖嗣君と同姓同名だよね。もしかして、本人？」

それが、朱理にとっては一番の気にしていたところだった。

今、人気絶頂の五人アイドルグループＦＬＡＭＥの一人〝聖嗣〟が、芸能コースなんてない普通の高校に入学するだろうか。第一、仕事が忙しくて学校どころではないだろう。頭の中ではわかっていながらも、心では都合のいいほうに考えてしまう。ファン特有の願望だ。

2

はぁ…。

「どうしたの？　さっきからため息ばっかりで元気ないじゃない」

イエローウォーカー色のソファの上で、体育座りで両膝を抱え、そこに顔を埋め考え込んでいる朱理に、窓際のデスクで小説らしき本を呼んでいた美弥子が声をかけた。

「うちのクラスに、入学式からずっと欠席している人がいるんですよ。先生たちはその欠席理由を知っていながら、あたしたちには隠している感じで…」

膝を抱えたまま朱理は、椅子に座っている美弥子のほうに顔を向けていった。

「ただ欠席しているだけなら、いずれはわかることじゃない？」

「それだけだったら、あたしもこんなに悩みません。その欠席している人の名前が気になるんですよ。気にしすぎかもしれないけど、今人気アイドルの名前と同じなんです」

「その人って〝堂場聖嗣〟じゃない?」

テレビゲームをしていたゆかが話に加わってきた。

「そうなんです。ゆか先輩、何か知っているんですか?」

ソファの上から足を下ろして、ゆかを期待の眼差しで見つめる。

「高野さんから聞いたの。高野さんもチラッとの情報しか手に入っていないらしいけど」

「高野さん?」

初めて聞く名前に朱理は首を傾げる。

「まだ会ってないんだったね。もう一人の写真部部員。活動ある日にしか顔出さないから」

目線を読んでいる本に向けたまま美弥子がいった。

「そっか。で、その高野さんからの情報は…」

と、ゆかに聞こうとしたとき、慌ただしく戸をあけて伊藤が部室に入ってきた。

どことなく顔が強張っている。

「大変だ…」

急いで走ってきたために息が続かない。

「ちょっと、落ち着きなさい」

体ごと入口に向けた美弥子が、その場に座り込む伊藤にいう。

「どうしたの？　騒がしいわね」

隣にある影の部屋から久美が騒々しくなったことに気づいて顔を出した。

「事件が起きた。…体育館で、たった今」

伊藤が入口のところで座りながら、やっと言葉に出す。

「事件？　詳しく教えて」

ゆかは鮮やかな色で光を放していたテレビの電源を消した。

ソファの側に移動した伊藤を囲むように、久美、美弥子、ゆかが視線を集中させる。

ソファにちょこんと座って、何が起きたのか把握できない朱理だけが取り残されていた。

るし。
事件？　何それ…、先輩たちも今までとは、まるで別人のような顔つきになってい

朱理が思うのも仕方がない。さっきまで和やかだった空気も一段と変貌して、張り詰めた感じになっている。そして、伊藤を中心に真剣な顔つきで何やら話をし始めた。

「俺、今まで体育館でバスケ部と遊んでたんだよ。そしたら、隣のコートで練習していたバレー部女子の様子が突然騒がしくなったんだ。聞いてみると、用具室に予備のボールを取りに行った部員の子がなかなか戻ってこない、更に様子を見に行った子まで帰ってこなかったという。おかしく思った残りの部員全員で用具室に行ったら、先に行ったはずの二人の姿はどこにも見当たらなかったらしい。用具室の中を隈無く捜しても、名前を呼んでみても二人の姿は出てこなかったって」

伊藤が一気にしゃべる。

「窓から逃げた…」

ぼそりと呟くゆかの言葉に、伊藤が否定する。

「それはありえない。俺も用具室を覗いてみたんだが、一つしかない窓には内側から

鍵が掛かって閉めてあった。他に外へ出れるところは、体育館へつながる扉ただ一つしかない」

「用具室から出るためには、もう一度体育館の中を通過しないといけないわけね」

美弥子はノートに何か書き込みしながら続ける。

「消えた二人が用具室から出てきた姿などは、誰も見ていないの？」

「あぁ。バレー部たちはずっと用具室入口を見ていたって。けど、二人の姿は出てこなかった」

「用具室内で何かが起きた…？」

久美が腕を組んで考え込んでいる。

「…」

同じく考えていた美弥子が、出し抜けにデスクの上にずらりと並べられた本の中から一冊のノートを取り出して無造作に開き始めた。そして、ある場所で手を止めると皆のいるテーブルの上で開いて見せた。

「その話、一度どこかで聞いた記憶があると思って調べてみたら正解だったわ」

そういって、開かれてあるページの一部に指を差す。

「これ読んでみて。三年前にも同じ事件が起きているのよ」

美弥子の言う通り、ノートには三年前の事件が書かれてある当時の新聞記事が貴重に貼られてあった。その記事に一同視線を落とす。

「体育館で部活をしていた生徒たちが、次々と姿を消した。まるで神隠しにでもあったかのように忽然と消える。それも決まって、用具室内で起こっていた。男女合わせて十名の生徒たちの行方は、全くわからないまま捜査も難航している」

新聞に書かれている記事を淡々と久美が読み上げている。

「その時に消えた生徒は、未だ行方不明のまま?」

「見つかった話は聞いていないから、おそらく未解決のままだと」

記事から目を放して尋ねたゆかに美弥子が答えた。

「だけど、何で三年前の事件が今になって…」

伊藤の呟きが、部室内に沈黙を作った。

その息詰まる沈黙を破ったのは、少女の甲高い声だった。

「皆、いる?」

その声で一同は戸口のほうに目を向けた。

その方には、身長一五〇あるかないかほどの小柄な体に、黒髪にパーマを軽くかけて腰まで伸びているロングヘアー。小さな顔には大きく見える黒縁眼鏡をかけた女子生徒がいた。やはり緊迫した顔つきである。

「高野さん。何か情報つかんだ?」

姿を見るなりゆかが声をかけた。

…高野さん? って、さっきゆか先輩が言っていた人。

小柄な高野と呼ばれた女子生徒は、中央に集まっている部員の輪に入って新聞の記事に目を向け直した久美の隣にちょこんと座った。

「もう事件のことは知っているみたいね。だったら話は早いわ。けど、期待しているほどの情報はつかんでいないよ」

一度部員の顔を一瞥して話を続ける。

「体育館にいた人たちに聞いたことなんだけど、消えたバレー部員が用具室に入った直後に微かな悲鳴らしき声が聞こえたらしい。すっごく短くて、それが悲鳴だったかどうかは定かではないって」

と話している小柄な女子生徒のことを朱理は見つめていた。初めて見る顔をただなにするでもなく視界の中心に置く。

おそらく、もう一人の写真部員だろうとは察せられる。

そんなことを思いながら朱理が話に集中していると、突然その女子生徒と目が合い体がビクッとした。

「その子誰？　見ない顔だけど…もしかして新入生」

朱理から目を放さないで尋ねたその女子生徒に伊藤が紹介する。

「そう、昨日入部した藍原」

「そっか、昨日あたしいなかったものね。遅れたけどはじめまして、二年C組、高野香代子よ。よろしくね」

さっきの緊迫した表情とは打って変わり、香代子は目を細くした笑顔で、強張った顔になっている朱理に自己紹介をした。

慌てて朱理も頭を下げて見せる。

「あっ…、一年E組の藍原朱理です」

ぎこちない朱理の姿を香代子は見据えている。

じっと見つめられて朱理は微苦笑を浮かべた。

すると、何かを思い出したかのように手をポンッと叩いて声を上げた。

「あなたでしょう」

と言われてもわからない。朱理はもちろんのこと、周りにいる部員たちが首を傾げる。

香代子はそんな周りの反応を無視してしゃべり続けいてる。

「演劇部や映画部が欲しがっていたレベルの高い美形の一年っていうのは。今年の一年はとにかく男も女もレベルが高いって話よ。その中でも一－Eに集結してるとか。まさか、その注目されている子がうちみたいな蔭の部に入っていたなんてね」

「蔭の部だなんて失礼ね。けど、そんなに注目されているんだ、確かに奇麗顔だけど」

と言う久美や他の人たちにまでまじまじと見られ朱理は顔を伏せた。

そんな中、香代子は朱理の顔から目を逸らした久美に耳打ちした。

「ところで久美さん、藍原にこの部のこと…」

「そのことは、まだ何も。まさか、こんなに早く事件が起きるとは思わなかったから考えていなかったのよ」

香代子に振られて、久美も朱理を気にしながら小声で話した。

朱理以外の部員たちは、香代子と久美の会話の内容に気づいてか二人の会話に耳を寄せている。自分に背を向ける形でヒソヒソと話す先輩たちの姿を朱理は見つめていた。

「入部した以上、いずれはバレるし教えといたほうが…」

「これは秘密の活動よ。いくら部員になったとしてもすぐに教えるのはどうかと思うわ」

伊藤がいい終わらないうちにゆかが口を挟んだ。

「だったら、この機会を生かして試験してみればいいじゃないの。もちろん、写真部の活動と偽っての行動で」

「そうね、今回の状況次第だね」

美弥子の意見に一同は賛同した。

ただ、朱理だけは眉を寄せて一人取り残されていた。

「ところで、部長は？」

話がまとまったところで、周囲に目を走らせた伊藤が聞いた。

「そういえば…」

ゆかや香代子も、大熊の不在に今更ながら気づいている。

「部長なら長根さんのところだと思うよ」

「ふ〜ん」

久美の言葉に、一同鼻を鳴らしただけだった。

それだけの反応しかない大熊の存在っていったい…。


翌日、学園中には体育館で起きたバレー部失踪事件の話題で持ちきりだった。

通学路から校門、昇降口、廊下、各教室。どこへ行ってもその事件の話が耳に入ってくる。

もちろん朱理のクラス、一-Eでも事件の話は健在であった。

「知ってたの?」

自分の席に座り、教科書を机の中に入れる作業をしながら頷く朱理に、理恵は気落ちして肩を落とす。

「面白い話題だと思ったんだけど、朱理に先越されていたか」

「面白い? たなかん、怖くないの?」

学園内で生徒が消えるという不可解な事件が現実に起きているというのに、テレビドラマの話でもしているかのように、楽しそうに話す理恵に朱理が聞いた。

「怖い? まっさかぁ。逆に楽しいよ。だって、ドラマみたいなことが現実に、しかも、身近で起きているんだよ。滅多に経験できないことだもの、これから何が起きるかワクワクしてるよ」

そういった理恵の顔は、何かを求めている眼差しになっていた。

ガラガラ

目の前の入口から山岸が入ってきたため、一旦理恵は自分の席へと戻る。教室中に散っていた生徒たちも自ずと席に座った。

朝のHRでは、昨日の事件に関することは一切触れなかった。おそらく、事をこれ以上大きくしたくないという学園側の狙いだろう。

だけど、学園側のそんな努力もむなしく、事件はまた起きた。

「体育をしていた一-Aの女子が、また、体育用具室で消えたらしいぜ」

廊下から教室に入ってくるなり、朋也が自慢の長い髪を振り乱したまま叫んだ。

教室にいたクラスの生徒たち全員が、その声に前の入口で立っている朋也に顔を向ける。

朱理と理恵も目の前で乱れた長い髪を手でかきあげている朋也を見上げている。

「またかよ」

廊下に出ていた中津舜一が教室入るなり声に出す。

金に近いブロンズヘアーの関西訛声、舜一は朋也と並ぶと気持ち背が高い。そんな舜一のほうに顔を向けて朋也が話す。

「話によると、用具室に入った後いくら待っても出てこなくて、様子を見に行ったら入ったはずの女子の姿はどこにもいなかったらしい。その子の制服や鞄とかは残ったままで、また、忽然と姿だけが消えたんだ」

「どうなってんだよ」

さすがにこうも事件が立て続けに起こると、生徒たちの顔に不安の影が見えてくる。

「それで、先生たちは?」

目の前で舜一と話す朋也を見上げながら朱理が声をかけた。

「消えた奴が勝手に学校を抜け出したとか、授業放棄とか言ってるらしいぜ」

「それって、学園側の責任を避けてるだけじゃない」

朱理の隣で聞いていた理恵が声を上げた。

「昨日消えた二人も家に戻っていないって聞いたぜ」

舜一が言った。

「あぁー」

突然、朱理が声を張り上げながら立ち上がったものだから、側にいた理恵はもちろんのこと、朋也に舜一、そして今まで朋也の話に注目していたクラスの生徒たちがその行動に驚いた。

「どないしたん？　あくび少女」

〝あくび少女〟と呼ぶんじゃねぇ、中津！

二十は差がある朱理のことを見下ろしている舜一を一度睨め付けてから、朱理は隣の理恵に体ごと顔を向ける。

何事かとクラス中が、朱理の発言を待っている。

「今日の体育って、体育館だったよね。しかも、次の次。やっぱり、こんな事態でも体育はあるんだよね」

「学園側に責任はない思ってるからには、体育は普段通りやな」

理恵に問いかけたつもりなのに、舜一が答えている。

一同不安を抱えたまま、体育の時間を迎えた。

男子は教室で着替えるため、女子は一階の階段脇にある更衣室に移動して着替える。

廊下にあるロッカーから体育着を取り出して、女子は更衣室へと向かった。

朱理も理恵と並んで更衣室へと向かう。

更衣室は教室の半分ほどの広さで並んで二つある。他のクラスと体育が重なることがあるためだ。更衣室には人数分の縦長ロッカーが設けられ、その中に制服を入れておける。場所は決まっていないため好きなところを使うことができる。

朱理は理恵と並んで着替えていた。

別に女子だけということで、普段通りの着替え方をしている。

「あれ？　朱理ってネックレスしているんだ」

白いシャツを脱いだ朱理の首元に付けられてある、銀の鎖に赤い水晶のような珠を理恵が見澄ます。

「うん。あたしの御守りみたいなもの」

そう言って理恵のほうに体を向けたとき、窓に掛けられてあるカーテンの隙間から差し込む陽の光がネックレスに当たり、赤い水晶のような珠が光で虹色に輝いた。

それを目の当りにして、理恵はうっとりとした目で見惚れている。

そんな理恵を無視して朱理は体育着に着替える。

「たなかん、早くしないと授業始まっちゃうよ」

既に体育着の中に隠れた朱理のネックレスに、いつまでも見惚れている理恵に声をかける。

体育着に着替え終えている朱理に気づいた理恵は、我に返ると急いで体育着を着た。理恵が着替え終わるころには、更衣室の中には朱理と理恵しか残っていなく、二人は急ぎ足で外に抜ける渡り廊下を渡って体育館へと向かった。

体育館には体育着に着替えたクラスの生徒全員が既に集まっていた。その中に遅れて朱理と理恵が入った直後に、真っ白なTシャツに紺のジャージ、両脇に白のラインが一本入ったズボンを履いた二十代後半の教員が入ってきた。

「なんだ、なんだ。元気がないな、このクラスは」

教員の中では背が高いほうだと思われる一八五ほどのすらっとした長身の教員、一-E体育担当の大友俊昭が、話す声が少なくどこなしげに暗い表情をしている生徒たちに声を張り上げながら、散っていた生徒たちを整列させる。

「だって先生、この体育館内で三人も生徒が消えているんですよ」

出席番号順に横二列に並ばされている。その中の一列目に並んでいた榎下佳奈が口を開いた。張りのあるハキハキとした口調からは想像できないほどの華奢な体。体育着で隠れていても、その体との間にできた余分のたるみで細い腕や脚がわかる。ストレートの長い薄茶な髪を後ろで一つに束ねている。

「今日だって、一人いなくなったって聞いたぜ」

朱理とは対称の位置、一列目の端ですらりとした背を大友に向けている朋也が続けた。

体育のときは、長い髪を項のところで一つに束ねている。

他の生徒たちも同意するように頷いている。

「そんなことを気にしていたのか？　生徒の中では〝神隠し〟とか噂しているらしいが、そんなことあるわけないだろう」

大友ははなっから相手にしていないといった様子だ。

そんな大友を端にいる朱理が見据えて尋ねた。

「先生、この学園に来て長いですか？」

とっぴな発言に、一同朱理に視線を向ける。

少しためらいながら、

「…四年になるが」

と答える大友に、又も言葉を吐く朱理に、今度は生徒内にざわめきが沸いた。

「それじゃあ、知っていますよね。三年前にも同じ事件が起きていたこと」

「…」

明らかに何か知っているといった顔をした大友は、どう応えたらいいかわからず視線を落とす。

暫しの間をおいて、ようやく大友が黙って見つめている朱理に顔を向けて口を開く。

「…なんで、そのことを知っている」

「新聞の記事をたまたま見つけたんです。三年前の、この学園で起きた事件の記事を」

真っ直ぐ見つめてくる朱理の瞳に狼狽えながらも大友は言い張る。

「それは…今回のとは全く関係ないことだ。そんなくだらん話は終わりにして、準備体操をするから上下左右の間隔をとって離れなさい」

強制的に話を中断させると、整列している生徒に指示を出した。ざわついていた生徒たちは不詳不詳で指示に従う。

生徒たちの前に立つ大友の後に続いて、同じ動きをする。何種類かの準備体操を終えた後は、男子、女子に別れてバスケットボールの球技に入った。

事前に用意されていたバスケットボールが山ほど入っているワゴンの中から、二人で組になって一つのボールを持って行く。

朱理は後ろに並んでいた理恵と組んでボールの受け取り、パスの出し方、ドリブルなど大友の掛け声で他の生徒と一緒に動く。

バスケは小・中学とやっているために、基礎的な動きは簡単すぎて皆つまらない顔で不満気味だった。

その繰り返しだけで授業時間が終わっていく。

授業終了チャイムが鳴ると同時に大友が号令をかけた。

生徒たちは銘々に使っていたバスケットボールをワゴンに戻し、始めのときと同様に整列する。

「今日はこれまで。片付けは出席番号順でやってもらうので、今回は一番…藍原だな。ワゴンを用具室にかたしといてくれ」

そう言って大友は体育館から出て行った。その後から生徒たちががやがやと体育館を後にした。

残された朱理は、体育館を出て行く生徒たちの後ろ姿を見届けながらぼやく。

「こんな事態に、あたしからだなんて」

不平をいいながら山積みされたバスケットボールに目をやり、更にやる気をなくす。

仕方なくワゴンに手を掛けたとき、ふっとワゴンが軽くなった。理恵が隣でワゴンを押してくれていたのだ。

「手伝うよ」

理恵の姿を見つめる朱理に微笑すると、再び前方に集中する。

「たなかん、優しいのね」

そう言って、朱理もワゴンに掛けてる手に力を入れた。

キャスターが付いていても、数十個もあるバスケットボールはさすがに重い。二人掛かりでようやく用具室に入れることができた。

体育館の隅に設けられている用具室は、八畳程の広さに体育館へつながる入口の扉と窓が一つあるだけだった。中には、バスケットボールのほかバレーボール、ネット、マット、跳び箱に持ち運び可能な鉄棒などたくさんの用具が入っている。

事件の遭った後に入るのは嫌だなぁ。

そう思うと自然と朱理の足が速くなる。

奥の空いているスペースにバスケットボールの入ったワゴンを置くと、入口の方へと向かった。

「隠し扉とかあったりしてね」

入口へ向かう朱理とは反対に、理恵は好奇心を抱いて用具室の中をぐるりと見回している。宝物でも捜すかのように、壁や床に手を置いてみたり、用具の陰を覗いたりとしていた。

そんな理恵の姿を振り返って、もう既に入口の手前にいた朱理が叫んだ。

「早く戻ろう。休み時間がなくなるよ」

しかし、理恵はその声が聞こえていないかのようにその場から離れようとしない。

見兼ねた朱理は、しぶしぶ壁に手を当てている理恵の側へと歩み寄った。

「いい加減行こうよ。あたしヤだよ、こんな不気味なところにいるの」

理恵の腕をとり、無理やりにでも帰ろうとしている。

「探偵みたいで面白かったのに」

引きずられながらも理恵は、心名残りに用具室を見つめながら頬を膨らませている。

「早く着替えないと、本当に授業に遅れちゃう」

「わかったから…」

朱理の苛立つ口調に、理恵は観念したのか自分の足で入口へと向き直る。

朱理と理恵が入口へと向かったその時、用具室の中心にあたる床がグニャリと歪みだした。

〝エナジー…、エナジーの匂い…〟

地の底から響いてくるような唸る声。

「何か言った？」

隣りにいる理恵に朱理が聞く、理恵は首を横に振った。

「ううん」

気のせいか…。

朱理は再び入口へと急いだ。

その声とともに、床に歪みが現れた。その歪みは徐々に大きくなり黒い影となった。

底知れぬ闇の色。それが、円盤状に広がり二人の足下へと迫ってくる。

まるでブラックホールの渦だ。

黒い渦が迫ってきているとも知らず、朱理と理恵は入口へと足を運ぶ。

そして、黒い渦が二人の下へとたどり着いたとき、二人の体が一瞬軽く、宙に浮いたような感覚に陥る。

「えっ…」

初めての無重力体験。何が起きているのかわからず、瞬時に周囲を見回わす。

「…なに、これ」

朱理が見たものは、コルクの床ではなく、黒い底の見えない渦状の穴だった。隣にいる理恵も、自分の体が浮いていることで慄然としている。

状況を知っても考える暇はなかった。浮いた体は次の瞬間急激に落下していたのだ。

「きゃっ…」

隣にいる理恵の短い叫びが上がったときだった。

ファッ
何もないただの黒い闇の中に、突如現れた光。炎のような赤く輝く光が、落ちていく二人の周りを包んだ。

なっ…。

赤い光の輝きに、朱理は眩しさで瞼を閉じた。いつの間にか、理恵は気を失っている。加速で落ちていた体も軽くなり、ふわふわと宙で止まっているみたいだった。

そんな中、何が起きたのかとゆっくりと閉じていた瞼を開いてみる。

—う、そ…。

朱理は目を見張った。

赤く輝く光が、シャボン玉のように朱理と理恵を包み込んでいたのだ。しかも、その光の源は朱理の首に飾られている赤い珠、ネックレスの赤い水晶から光が溢れ出ていた。

「…〝気〟、魔界の者の〝気〟を感じる」

既に太陽が真上に昇っている正午前。

諸湖学園の校門側で呟く声。

空の色と重なり合う青いブレザー、同じく空色の青とイエロー・グリーンが混じりあっているチェックのズボン。中のシャツにはエメラルド・グリーンのネクタイが形よく絞められている。ネクタイの中心部には、ブレザーの胸ポケットと同じく校章、剣が二つ交差している形が刺繍されている。ここ、諸湖学園の制服だ。

真新しいと見られる制服を着た男子生徒。一六八ほどの背に日差し除けなのか、それともお洒落としてなのか解らないが帽子を深く被っている姿は、妙に怪しい雰囲気を醸し出している。

その帽子に隠されている瞳は、校舎の奥に鋭い視線を送っていた。

「魔界の者の…鬼の〝気〟がすぐそこに…」

そう呟くと、軽く地を蹴った。

タッ
それだけの蹴りで、男子生徒の体は空を飛んでいるかのように長い距離を移動した。

そして、身軽な動きで着地した場所は、体育館入口の前だった。

「この中…か」

透明なガラス戸が開いている体育館の中を見つめ、警戒しながら中へ入ろうとした足がつと止まった。

「…これは…」

入口の左側にある一つの窓、不透明ガラスで張られてある窓が、赤い光で激しく映し出されたのだ。

一度体育館へ入ろうとした足を、その赤い光が洩れている窓のほうへと向けた。

窓の前で洩れる赤い光を見据え、そして、両手を首へともっていく。手探りで何かをシャツの中から取り出している。

「やはり、光の者…」

銀のチェーンで繋がれている二センチほどの丸い水晶、橙色の珠。

それが、窓から洩れる赤い光と共鳴するようにオレンジに輝いていた。

「赤い水晶を持つ者、炎の力…見つけた」

口元に笑みを見せる。

窓に映る赤い光が消えたころには、男子生徒の姿もそこにはなかった。

3

頬にあたる冷たい感触で朱理は目を開けた。

ゆっくりと上体を起こして周囲に視線を向ける。

跳び箱やマット、体育用具品が視界に入る。誰もいない静寂な体育館の隅にある体育用具室。その中央の床に朱理はいた。隣にはまだ、気を失っている理恵が横たわっている。

「…」

さっきまでのことが、現実に受け止められなくただ、茫然と宙を見つめている。

底の見えないブラックホールのような空間。急激な早さで体が落ちる感覚。赤く輝く光、それも自分の赤い水晶から発する光。

どれもがはっきりと覚えている。

今は光も消え、普通に窓から差し込む陽に輝くだけに戻っている赤い珠を見つめている。

授業の予鈴を知らせるチャイムが鳴った。

「やばい、授業に遅れる」

慌てて隣でまだ寝ている理恵の体を大きく揺らした。

「…うっ」

顔を苦痛にしかめて理恵は目を覚ました。

「ここは…」

朧な顔で辺りを見回しながら口を開く。

「体育用具室よ。そんなことより、予鈴が鳴っちゃったから急ごう」

そう言うや否や、まだペタンと床に座り込んでいる理恵の腕を取って無理やりに立たせる。

朱理に腕を掴まれながら立ち上がった理恵は、体育着に付いたほこりを軽く叩いて払った。二人は早々と体育用具室から出て体育館を後にした。そのまま更衣室まで走って行く。

「次の時間ってなんだっけ？」

制服に着替え、教室へ向かう階段を上っているときに理恵が、同じく体育着を両腕に抱えて持っている朱理に聞いた。

「英語…山岸先生だ」

と朱理が応えたとき、不意に階段の上が騒がしいことに気がついた。

二階の廊下に近づくにつれて、その騒がしさが増してくる。

朱理と理恵は顔を合わせると、急いで階段をかけ上がった。

「ひっ」

階段を上り切ったとき、一瞬退いた。

「なにこれ、どうしたの？」

理恵が思うのも当然で、二人の目の前には群がる女子生徒たちの姿が迫っていたのだ。

そう、階段すぐ脇の教室、一－Eの前だけに、他のクラスの女子生徒たちが所狭しと集まっていた。廊下に繋がる窓や出入り口に獣のように、声を張り上げながら張りついて動かない。

「見えなーい」

「きゃぁぁー」

主に悲鳴に近い叫び声が聞こえる。

「どこかで見たことのある光景だなぁ」

そんな叫びわめいている女子生徒の群れを見つめながら、朱理が漏らした台詞に理恵が同感する。

「まるで、コンサートね。もしくは、アイドルの追っかけ」

「こんなところでなにしているんだ？　休み時間は終わっているよ」

女子生徒たちの群れを見つめている朱理と理恵の背後から、ふいに高い声が襲った。

声のほうへ振り向いた二人の後ろには、英語の教科書を抱えた山岸が、階段の踊り場からこちらに向かって上ってきているところだった。

「教室へ入りなさい、授業を始めるよ」

という山岸に、朱理が口を開く。

「それが、入りたくても入れない状況で…」

朱理が言ったときには、山岸は階段を上りきっていた。

一－E教室前に群がっている女子生徒たちを目にして、軽く溜め息が漏れた。

「休み時間はとっくに終わっているんだよ。さっさと教室戻る」

山岸は、騒ぐ女子生徒たちよりも上回る高い張りのある声で、群がっていた女子生徒たちを追い払う。山岸の登場で、今まで廊下を埋めつくしていた女子生徒たちは、名残惜しそうな顔で散って行く。

「最近の子は情報が早いんだから」

と呟く山岸の後を追うように、今は誰もいなくなった廊下に設置されているロッカーに体育着を入れ、朱理と理恵はやっと教室に入ることができた。

今のは、一体何だったんだろう。

今の騒ぎで、体育館用具室で起きたことをすっかり忘れている朱理が、席に座ると同時に山岸が声を上げた。

自分の席に戻ったクラスの生徒たちが、教卓の前に立つ小柄な山岸に視線を集中させる。

「授業を始める前に、みんな気づいているがやっとクラス全員の顔が揃ったわけだ」

山岸の言っていることが、いまいち把握できずにきょとんとした顔で朱理は話を聞いている。

「では、初顔合わせとなるクラスに自己紹介をしてもらおうかな。堂場、前に来て」

――堂場？

後ろで席を立つ音が聞こえたほうに、顔を向けた朱理が硬直した。

入学式からずっと空席になっていた中央列の後ろから二番目の席、ずっと気になっていたアイドルと同じ名前をもつ者の席。その席から立ち上がって、教室の前へ行く姿の男子生徒が朱理の瞳に映る。

ブロンズに近い栗毛の髪が目に軽くかかっている。背は一七〇あるかないかぐらい、細身の体にきっちりと着こなした空色の制服がお似合いの男子生徒は、クラス中の視線もものともせず悠然たる態度で山岸の隣に並んだ。

そのさらりと目にかかる髪を軽く手でかきあげたときに覗いた顔は、まさに朱理が大好きな今話題のアイドル『FLAME』の一人、堂場聖嗣そのものだった。

ＣＤを出せばオリコン一位を獲得、ＣＭ、ＴＶには引っ張りだこの人気アイドルを目前にして、クラス中がその美しすぎる美貌に息を漏らす。

朱理はというと、息を漏らすどころか、生のアイドルを見つめたまま固まっていた。

そんなクラスを聖嗣は一瞥して口を開く。

「はじめまして、堂場聖嗣です。仕事の関係で皆さんより遅れをとっていますが、仲良くやってくださいい。それから、あんま顔出せへんかもしれませんけど、よろしく」

関西訛でそれだけ一気に話すと、一礼して席へと戻った。

聖嗣が席に座るのを見届けてから山岸が話す。

「皆も知っての通り、堂場は芸能活動をしていることで、顔を出す機会が少ないと思うが、そこのところはお互い助け合ってほしい」

簡単な紹介を終えたところで、いつもの授業へと入った。

「聖嗣がこの教室にいる。同じ空気を吸ってる」

そう思えば思うほど、朱理は授業に集中できなかった。山岸の目を盗んで、後ろの席で黒板を見つめている聖嗣のことを振り返っては、その美しい顔を確認して一人頬を染めていた。

昼休みになって、また、他のクラスの聖嗣ファン、女子生徒たちが教室の廊下に群がってきた。我先にと聖嗣のことを見るファンで、廊下に繋がる窓や出入り口の壁がギシギシと唸っていた。壁ごと倒れてくるのではないかと思うほど、ファンの集団が押し寄せている。それと同様に、聖嗣の名を叫ぶ黄色い声援が降りかかっていた。

ただ、不思議なことに誰一人として、クラスの人以外は教室には入って来ない。教室の壁がバリケードのように廊下で押し止どまっている。それはそれで、クラスにとっても、聖嗣にとっても助かっていた。

「おっまえ、毎日あんなのに追っかけ回されてるのか？　よく平然としてられるなぁ」

自分の机で顔を伏せ寝ている聖嗣に、隣の席の朋也が騒がしい聖嗣ファンに背を向けて話しかけた。

教室の中でも、アイドルという肩書きで皆、聖嗣にはどうしても近づけないでいた。普通の高校生とはなんら変わりはないのだが（美しい容姿以外は）アイドルというオーラに怯んでしまう。

朋也だけは気軽にというか、馴れ馴れしく話しかけていた。

「一応、あれでも大事なファンやからな。始めのうちは圧倒されてたけど」

机に伏せていた上半身をだるそうに持ち上げると、顔を朋也に向けた。仕事疲れのせいか、目が虚ろになっている。

「きゃぁぁー」

ただ聖嗣が顔を上げただけで、廊下にいるファンから悲鳴が上がった。

廊下のすぐ横の席にいた朱理が、今の悲鳴で耐え切れず耳を塞ぐ。

「鼓膜破れそう」

口の中で呟く朱理に、昼食の弁当を一緒に食べようと側に来ていた理恵が眉を寄せた。

「ここじゃ、ゆっくりと御飯食べれないね。あたしの席で食べようか」

「…うん」

理恵の意見で、二人はほぼ教室の中央にある理恵の席へと移動した。

「これから先、ずっとこうなのかなぁ」

廊下のファンの群れをちらっと見ていう理恵に、朱理はコクンと首を縦に振る。

「うん…」

朱理も廊下にいるファンの気持ちが痛いほどわかる。同じファンだから、生を近くで見たいという気持ちが。今だって、理恵の話を聞きながらも視線は後ろにいる聖嗣に向けられているのだ。

「この学園で今、事件が起きているんだぜ」

パックのコーヒー牛乳のストローを口にしながら朋也がいった。

「事件?」

興味なさそうに聖嗣は聞き返した。

「そっ、学園側じゃ事件と認めようとしていないが。けど、れっきとした事件だぜ。何たって、忽然と人が消えてるんだ、三人も」

「人が消える？」

「それも、必ず体育館用具室で」

「家にでも帰ったんとちゃうの？　フケたとか」

聖嗣は、朋也の話などまるっきり信用していない。

「家にも帰ってないし、連絡もないらしい」

「消えた場所ってどこや？」

「体育館用具室、体育館の入口入ってすぐ左の部屋だぜ。出入りできるところは体育館に繋がるところと、小さい窓が一つ。いつも内側から鍵がかかっている。事件が起きた直後も鍵はかかっていた」

朋也の説明を聞いているのかわからないが、聖嗣は宙の一点を見つめたまま、といっても何処を見ているわけでもなく遠くに視線を向けて動かない。

「あれ？　朱理、何処行くの？　昼休み終わるよ」

お弁当を食べ終えて片付けをしながら立ち上がった朱理を見上げて理恵が聞いた。

「…ちょっと写真部へ。もしかしたら戻ってこれないかもしれない、そしたらノートお願いね」

「えっ、次は化学で長根先生よ」

「だからよ」

意味ありげに口元を上げると、朱理は見上げる理恵に手を振り教室を出て行く。もちろん、まだ廊下に群がる聖嗣ファンをかき分けて。

のまれながら出て行く朱理の姿を見送りながら理恵が呟いた。

「入学早々サボリかい。大胆な」

教室を出るだけで体力を消耗する。朱理は乱れた制服を整えながら、北棟ににある写真部部室へ小走りに向かった。

北棟の部室が並ぶ一階廊下は、天気の良い昼間だというのに薄暗く、陰気臭い。

その廊下の一番奥隅、廊下の天井に付けられた蛍光灯の光もろくに届かない、更に暗い場所、写真部部室の戸を軽く叩く。

コンコン
中からの返事を聞かずに、グレイの戸を開ける。

「失礼しまーす」

「あら、藍原じゃないの。珍しいねぇ」

礼儀正しく中へと入って行く朱理の姿を見て、革張りソファに座ってマンガ本を手にしているゆかが言った。

「授業始まっちゃうよ、いいの？」

「サボリ王の部長にはいわれたくないわよね」

フローリングの床の上で、金属系の部品を組み立てている大熊を横目に久美が空いている椅子に朱理を誘導する。

「次の授業は長根さんの化学だから…」

シースルーのテーブル側にあった、ソファと同じイエローウォーカー色の円形型椅子に座りながら朱理が応える。

「長根さんか、なら大丈夫だね。学校に来ているとわかれば出席にしてくれるから」

「ホント、役に立つ先生よ」

久美の言葉にゆかが相づちを打つ。

「ところで、『FLAME』の堂場聖嗣って、藍原のクラスよね」

ラグの上に座って話を聞いていた香代子が、身を乗り出して話しかけてきた。

でかい黒縁眼鏡の奥に輝く瞳に圧倒されながらも朱理は頷く。

「いいなぁ、同じクラスになりたかったなぁ。美しい男がいれば目の保養になるし」

「無理だ、年考えろ」

香代子の横で寝ころがっていた伊藤にいわれ、香代子は頬を膨らませて、鋭い目を伊藤に向ける。

「そんなのわかってるわよ。けどさ、近くで見たくても、廊下にはファンの子たちがびっちりいるし、聖嗣くんも滅多に教室から出てこないから、見ることさえもできないのよ。ところで、聖嗣くんと会話とかした？」

「ううん。何か、近寄りがたくて声すらかけられない」

授業開始のチャイムが校舎に鳴り響く。しかし、部室にいる六名は誰一人と教室へ戻ろうとしない。それを見て朱理は、好き勝手なことをしている部員に目を走らせてから話しかけた。

「あの…先輩。事件のことでお話が…」

事件と聞いて部員全員が朱理に顔を向けた。

「何かつかんだの？」

香代子がすぐに反応する。

「いや、つかんだというより、〝起きた〟かな？」

「えっ、また、誰かが消えた？」

横にしていた体を起こして、朱理と向き合う位置にいる伊藤が聞いた。

「そんな情報入ってない」

情報屋の香代子が悲鳴を上げる。

「消えたわけではないよ、ただ…」

手を軽く振ってそう言うと、ためらう様子で口を閉じる。

その姿を黙って部員が見つめている。

校庭側にある開け放たれた窓から、元気に校庭で体育の授業を受けている、どこかのクラス生徒たちの声が、太陽の日差しと共に部室に入り込んでくる。

朱理の次の言葉を待つ部員たちをちらっと見て口を開く。

「三校時の体育が終わった後、片付けのために用具室へ入ったの」

「藍原が?」

久美の問いに朱理は頷いて話を続ける。

「片付けが終わって用具室から出ようとしたとき、突然…」

その時のことを思い出して、朱理の体がぶるっと震える。

「突然、床に黒い渦のある大きな穴が出現して」

「飲み込まれた?」

「馬鹿、だったら、今ここに藍原はいないわよ」

伊藤の頭を近くにあった雑誌を丸めてゆかが叩いた。実の詰まっていない軽い音がする。

そんな二人のことを視界に入れ、朱理はまた黙ってしまった。

端麗な容姿を小さくして下を向く朱理の姿を見て、勘のいい久美が代わりに答えた。

「飲み込まれた」

ただ下を向いたままで朱理は頷く。

思いがけない反応に、部員一同唖然とする。

「でも、ここにいる…」

朱理の姿をじっと見つめながら大熊が呟く。

「自分でも、何で戻ってこれたのかわからないんです。黒い渦の穴に落ちたと思ったら、いきなり赤い光に包まれて…気づいたら元の用具室に戻ってた」

ネックレスの赤い珠が光っていたなんて、怖くていえない。笑われるだけだと思うと、それだけはいうことができなかった。

朱理は、シャツの上から隠れている胸元の赤い珠を握りしめた。

「赤い光…って何だ？」

「黒い渦、赤い光。まるで、ＳＦみたいね」

伊藤の呟きを無視してゆかが言った。

「藍原を疑っているわけじゃないけど、現実的には考えられないことよね」

久美のいうことはもっともだ。

「でも、藍原が実際に体験したことだろ？」

「非現実的なことよ。アニメやマンガで見るような話なの」

「じゃあ、久美さんは藍原が嘘でもいってるとでもいうのかよ」

久美と伊藤が言い争っている様子にビクついている朱理のことを伊藤が指差す。

「別に…」

「まあまあ、二人とも落ち着いて。信じられないのなら、己の目で確認するべし」

一向に引かない久美と伊藤の争いに、大熊の穏和な声が間を割る。

「確認って、どうやって？　まさか、自ら餌食に」

眉を寄せて尋ねる香代子に大熊は右手を突き出して見せた。

「危険なことはしないよ。これを使うのさ」

「きゃっ。てんとう虫じゃないの」

目の前に突き出された大熊の手を覗いた香代子が退いた。

「なになに…そんな虫でどうしようっていうの？」

一緒になって大熊の手を覗き込んでいた伊藤が、その手の中にあるものに目を落としながら聞いた。

「うげっ、気持ち悪い」

後から身を乗り出して覗いたゆかが口を押さえる。

皆の反応に目を向けていた朱理も、そぉっと大熊の手を覗いて見る。確かに、前に出された大熊の掌には、五ミリあるかないかの小さな、赤い羽根に七つの黒い点が特徴のてんとう虫がちょこんと乗っていた。

大熊は素直な部員の反応に満足の表情を浮かべて、その小さなてんとう虫をつまみ上げると、シースルーのテーブルの上に置いた。

「これは、僕の作った発明品だよ。本物みたいだろ?」

「えぇ、これ部長が作ったんですか? すごいですね、本物と区別がつかなかったですよ」

朱理だけが素直に感動している。

他の部員たちは、いつものことかといわんばかりに冷めた目で納得している表情だ。

「で、どんなガラクタなわけ?」

さっき、伊藤とのやりとりを無理やり中断されたことでイラついているのか、冷たい口調でとりあえず久美が尋ねている。

そんな久美を知ってか知らずか、大熊は張り切っている口振りで話し出す。

「これは、〝てんとう虫型超小型カメラ〟。この目の部分にカメラが仕組まれてあるから、てんとう虫の動きに合わせて見ることができる。名付けて、『見つめる君』だ」

「『見つめる君』？　本当に映るのかよ」

伊藤は半信半疑だ。

「もちろん。既にセット済みのこのテレビに『見つめる君』が見た風景が映るようになっている。そして、このリモコンで自由自在に操作することができるのである」

更に、掌サイズの黒いリモコンをてんとう虫の隣に並べる。長方形型の上に黄色いボタンが数個、ギアみたいな丸いつまみが一つあって、先が黄色く光るアンテナ、てんとう虫型超小型カメラの触覚と同じものがついているだけのものだ。

「『見つめる君』の触覚がアンテナとなっていて、このギアで動かす。本物のように羽を広げて飛ぶんだ。すごいだろ」

「へぇー、ラジコンみたいだな」

眼鏡を指でくいっと上げている大熊など全く相手にせず、テーブルに置かれてあるリモコンを手に取った伊藤が、適当にボタンを押して弄っている。

ビュッ
突然、テーブルの上にいたてんとう虫型超小型カメラの羽が二手に分かれて開いた。本物らしく内側にも薄い羽根が付けられていて、計四枚の羽を形よく開いている。

「うわっ、動いた」

顔を近づけて見ていた朱理が、羽を広げたてんとう虫に驚き顔を離した。

「スタートボタンを押したからだよ。高野、テレビのスイッチ入れて。ビデオ2ね」

大熊に言われた通りに、テレビの側にいた香代子がテレビの電源を入れる。黒い画面が機械音とともに砂嵐へと切り変わる。そして、ぱっと明るい風景が映った。

「あぁ、藍原だ」

画面の前にいた香代子が叫んだ。その声に、部員一同テレビ画面に視線を移す。

確かに画面には、モデル並みのスタイルに奇麗な顔、誰が見ても納得する見栄えのいい美形の朱理が映し出されている。

「あたし？　キャーすごい、ビデオカメラみたい」

朱理がテレビ画面に映っている自分の姿に、子供のように浮かれてはしゃいでいる。

「何となくわかった」

といって、リモコンのボタンを器用に操作する。その伊藤の動きに合わせて、テーブルの上にあるてんとう虫型超小型カメラが、まるで生きているように羽を動かして宙に浮いた。

伊藤は宙に浮くてんとう虫を満足に見つめながら、リモコンに付いているギアを一周させる。すると、てんとう虫も宙で一周して見せた。と同時に、テレビ画面の風景も一周分の動きで移動する。

「それで、このてんとう虫をどうするの？」

部室の中を飛び回っているてんとう虫をじっと見つめていた久美が口を開いた。

「さっき藍原がいったことを確かめるため、事件が起きている体育館用具室で見張りをさせるんだよ。『見つめる君』なら、誰にも気づかれないだろう」

「でも、監視させるのはいいけど、あたしたちもテレビの画面通してずっと見てなくてはいけないじゃない。そんな暇ないわよ」

自己満足している大熊に、ゆかが疑問をぶつける。

「大丈夫。ビデオで録画もできるようにプログラムされているから」

「役立つ発明品も作れるんじゃないですか、部長。早速、問題の用具室へＧＯ」

てんとう虫型超小型カメラで遊んでいた伊藤は、速効にてんとう虫を部室の開いている窓から外へと移動させる。

部室内を映していた画面が、太陽の日差しで白く輝く校庭を映す。その画面を見ながら、手慣れた操作で伊藤はてんとう虫を体育館へと飛ばした。

体育館の入口を映しているてんとう虫は、そのまま直進して体育館内へと入っていく。どこかのクラスがバスケットをしている光景が映った。

「今日もバスケだったんだ。サボって正解かな」

テレビ画面を観ながらゆかがぼやく。

「ゆか先輩のクラスなんですか？」

そんなぼやきを聞き逃さなかった朱理が聞き返した。

「そっ、あたし、体育って大嫌いなのよね。つまんないからほとんどサボってるわ」

サボっていることが当たり前といった感じだ。

体育をしている生徒は、誰一人とてんとう虫には気づかない。その中をてんとう虫型超小型カメラは通って用具室へと入って行く。目まぐるしく変わっていた画面が、ようやく一定の場所を映して動きを止めた。

「どの辺に止めとくんですか？」

誰にいうわけでもなく、伊藤が尋ねる。

「藍原、黒い渦が出たという場所は？」

テレビ画面に視線を向けながら久美がいった。

「あっ、用具室の中心。この辺です」

上から映し出されている用具室の一ヵ所を、テレビ画面の上からすらっと形の良い奇麗な指で示す。

「オッケー、こんなもんでいいかな」

伊藤は朱理が示した床がよく見えるようにてんとう虫を置く。おそらく、滅多に使わない鉄棒の上にでも止まらせたのだろう。

役目を終え、といっても勝手に操作していたのだが、伊藤がもっていたリモコンをシースルーのテーブルへ置くと同時に授業終了を知らせるチャイムが鳴り響いた。

「グットタイミング。もしかしたら早速現場を抑えられるかも」

チャイムの音を聞き、香代子が目を輝かせる。

一同が期待と不安が混じりあった表情で画面を食い入る。

画面は一見として変化はない。

「…、誰か入ってきた」

香代子が声を潜める。別に、場所的に離れて見ているから潜める必要はないのだが、気分的にそうなってしまう。

「由美…」

用具室にバスケットボールが山盛りに入ったワゴンを押して入ってきた、女子生徒の姿を見るなりゆかが呟く。

由美と呼ばれたボブカットの女子生徒は、真っ直ぐと奥の空いているスペースにワゴンを置くと早々とUターンして入口へと向かう。

その簡単な作業に、何も起こらないと思えてきた。至って普通の光景だ。

部員一同安堵の表情になる。が、朱理だけは違っていた。

一人眉を寄せて顔を強張らせている。ゆかのクラスメートが映っている画面から目を外せない。

〝…エナジー、人間のエナジー…〟

地の底から響く、飢えた声。

あの時と同じ、用具室で聞いた声。

画面を通して確かに朱理には聞こえた気がした。

「…嫌、やめて…」

両手で耳を塞ぎ小さく叫ぶ。

ぶるぶると頭を横に振る朱理の姿に気づいて、側にいた久美が朱理の肩に手を載せた。

「どうしたの?…藍原」

ドクン
その時、体が跳ね上がるかと思うほどに鼓動が体中に響いた。

「あっ…」

画面を見ていた伊藤が声を上げて硬直した。

一緒に見ていた部員も画面を見つめて動かない。

ドクンドクン
朱理の鼓動は一層に激しく鳴り出す。

音のない画面に異変が起きようとしていた。

入口へと向かう由美が用具室の中心にさしかかったとき、足もとの床が、突然ぐにゃりと歪み始めた。その歪みの中心が次第に黒く変化していく。そして、朱理が見たときと全く同じ黒い渦が出現したのだ。

誰もが目を疑った。本当に、現実的にマンガみたいなことが起きているのだ。

「…だ、め」

朱理は震える体を抑えながら呟く。とても小さく、苦しそうな声。

「由美！」

動くこともできず、ただ画面の中にいる、黒い渦にも気づかないで歩く姿の由美にゆかが叫ぶ。

その叫びと同時に伊藤が勢いよく部室から飛び出して行った。

「畜生」

「伊藤…」

すでに伊藤の姿が消えている戸に向かって大熊が呼ぶ。

「あいつ、助けるつもりか…あっ、藍原？」

廊下に響く伊藤の走る足音を耳にしてぼやく久美が、今、伊藤が出て行った戸に向かう朱理の姿に気づいた。

「藍原、あなたはここに…」

そんな久美の心配もよそに、震える体をこらえて伊藤の後に続いて部室を出る。

「藍原！」

立ち上がって朱理を呼び戻そうとする久美の動きは、恐怖で脅えた香代子の悲鳴で封じられた。

「きゃぁぁ」

久美が画面に目を戻したときには、由美の姿が床にできた黒い渦に飲み込まれるように落ちたところだった。

見ていた全員が息を飲む一瞬の出来事だった。

体育館へ向かって走る廊下の中で、朱理はわかっていた。

今、行っても間に合わない。着いたところで、すでに由美という女子生徒の姿はない。

だけど、そんな思いとは関係なく体がそこに行きたがっている。一度襲われたという恐怖も持っているのに、心のどこかでは何かはっきりしない意図的なものが朱理を動かしていた。それが何なのかは、朱理にはわからない。

「間に合ってくれ」

先を走っている伊藤が唸るように呟く。

ビュン
校舎の一階廊下を走っているとき、不意に風が横切った。

「むむっ、今の風は？」

走りながらも伊藤は風を感じたほうを見る。が、すでに何もない。もしやと思い前を向いたとき、伊藤は茫然とした。

部室にいたはずの朱理が、学園でも早い脚力を持つ伊藤よりも前を華麗に走っていたのだ。しかも、その距離がどんどん開かれていく。

「藍原？　この俺を抜くとは、しかも距離も広げていく…負けるか」

脚には自信を持っていた伊藤は、女の子、しかもちょっと前は中学生だった子に抜かれたことで闘志を抱き、全速力で前を行く朱理を追った。

朱理と伊藤のマッハ並みの速さで、側を通る生徒の髪を揺らす。

朱理のクラス一-Eから階段を下りてきた長根の前に、朱理と後ろには猛獣のような剣幕な顔をした伊藤が風を起こして走ってくる。

「藍原、おまえ保健室に行ってたわりには元気…」

理恵の口実がそれだったのか、長根が向かってくる朱理に声をかける。もちろん、それがサボりの口実だということは長根にも読み取れる。

長根が言い終わらないうちに、ものすごい速さで横を朱理が通りすぎた。

朱理が切った風でなびく長根の髪が落ち着いたころに伊藤が通りすぎる。

「なんだ、あいつら。鬼ごっこでもしてるのか？」

それをいうなら、廊下をマッハで走る生徒を注意しようとは思わないのか？

二人に無視されたにもかかわらず、笑顔の長根はそのまま職員室へと入って行った。

校舎を出て外の風が吹き抜ける渡り廊下を走ってようやく体育館前まで来た。

部室にいたときに鳴り響いた鼓動なのか、それとも今走ったために起きた動悸か、どちらともいえない心臓のはやる動きを体中響かせて体育館内へと足を踏み入れる。

体育館入口で誰かと擦れ違った。

朱理よりも一〇センチは高いすらりと伸びた身長、栗毛のふんわりとしたさらさらな髪が目にかかっている。その顔は眉目秀麗、容姿端麗の生徒会長、長栄聡だった。

淡い水色の体育着姿も、美しく着こなしている。

朱理は優雅に隣を通る聡をちらっと視界に入れただけで先を進む。

そんな朱理のことを聡は、髪と同じ栗色の瞳で見つめていた。

「よお、聡。こんなところでなにしてるんだよ。今まさに事件が起きてるんだぜ。お前のクラスの金久保由美が危険なんだ」

息をゼエゼエいわせながら、聡よりも少し高い身長を屈ませて、伊藤が体育館内に入って行った朱理の姿を見ていた聡に声をかけている。

そんな煩い伊藤の話を聞いてか、視線を朱理が消えた体育館内に向けたまま小声で呟く。

「やはり…」

その独り言のような呟きは、伊藤には聞こえていない。

伊藤はそれだけをいうと朱理の後を追って体育館内へと入って行った。

聡は二人の消えた体育館内をしばらく見つめていたが、静かにその場から去って行った。

伊藤が用具室入口の戸に着いたときには、朱理がその入口でペタンと力が抜けたように座り込んでいた。

「藍原…」

伊藤が声をかけると、朱理はただ首を横に振るだけだった。

そう、すでに用具室の中には由美の姿が消えた後で何も残っていなかったのだ。

「遅かったか」

戸に背をもたれかけて伊藤が溜め息を漏らす。

朱理は、結果がわかっていながらもやり切れない表情をしていた。

来たところであたしには何ができたの？　何も対策なんてなかった…だけど、内側にある何かが叫んでいた…。

今までこんな気持ちになったことがないために、朱理は心の中で葛藤が起きていた。

バタバタと音を立てて、写真部部員、大熊、久美、ゆか、香代子が体育館へと入ってきた。

用具室入口で首を落としている朱理と伊藤を確認するかのように久美が知らせる。

「用具室にいた子は、あの黒い渦に飲み込まれて消えたよ。二人が部室を出た直後にね」

「黒い渦も由美が消えたと一緒に姿を消した」

声を落としてゆかが付け加えた。

暫し、沈黙が流れた後、朱理のほうに視線を向けて久美が一言。

「藍原のいっていたもう一つの〝赤い光〟と思われるものは見られなかったけど」

その言葉に朱理は、シャツの中にあるネックレスの赤い水晶のような珠をシャツの上から握りしめた。

4

授業終了チャイムが鳴り、長根が教室から出て行くと同時に朋也が隣の聖嗣に話しかけた。

「ラスト一時間で今日も終わりだ。次の現文は楽だぜ。勝手に先公が進めていく授業だからな、寝てても平気なくらい」

体を聖嗣に向けながら話しまくっている。

当然、休み時間に入った今は、廊下に集まった聖嗣ファンの黄色い声援が飛びかっている。

「ところで、聖嗣は部活には入らないのか？」

朋也は廊下の聖嗣ファンなど気にせずに話を続ける。

「そやな、仕事で学校にもろくにこれへんから部活には入らないな」

話すだけでもだるそうな聖嗣が、上半身を机にもたれながら話す。

「やっぱり駄目か。俺の入っている軽音部にでも誘おう思ってたんだけどな」

がっかりと肩を落とす朋也をちらっと見て、

「悪いな。ギターとかには興味持ってやっているんだけど…」

といいながら起き上がり、窓の外に視線を向ける。

春晴れしたスカイブルーの空が窓一面に広がって見える。その空で悠々と流れている雲を見つめる聖嗣の目が俄然として鋭く一変した。

そんな聖嗣に気づかずに、朋也は自分も好きなギターのことでしゃべりまくっている。

「…また、魔界の者の〝気〟…、体育館のほうから感じる」

隣でしゃべっている朋也には聞こえない程度の声で呟く。

聖嗣は切れ長の瞳を閉じると、その〝気〟を探って集中する。

「これは…魔界にいる鬼。魔界獣…か」

閉じていた目を開くと、宙の一点を睨みつけた。

「鬼が人間界へ来ている…やはり、人間界へとつながる魔界の入口が開いているのか？　封印が解けている？」

眉を吊り上げて、その美しい顔を険しくさせる。

休み時間も終わりに近づいたころ、教室に朱理が帰ってきた。昼休みに出て行ったときの朱理とは別人のように暗い表情で元気がない。

出入り口にも群がっている聖嗣ファンに飲み込まれながらも、やっとの思いで自分の席に座る。そんな朱理をいち早く理恵が見つけて、側へ駆けつけた。

「お帰り、朱理…？　どうしたの？　マジで気分でも悪いの？」

席に座るなり、思い詰めたように一点を見つめて動かない朱理の顔を覗き込んだ理恵が言った。

「…あぁ、ごめん。なんでもないよ」

といった朱理は、深く溜め息をつく。

今まで見せたことのない思い詰めた表情に、理恵は心配そうな趣で朱理のことを見つめている。

理恵の気持ちとは別に、朱理の頭の中にはさっき起きた用具室での出来事、黒い闇の渦のことでいっぱいだった。

黒い渦に対して、朱理には何かやらなくてはいけない気がして、でも、それが何なのかがわからなくて困惑していた。頭も心も、そして、どこか遠い記憶でも気分が冴えない。

なぜだろう。あの時、部室のテレビに映る黒い渦を見たとき、行かなきゃと思った。間に合わないとわかっていながらも体がそうしていた。

授業が始まって、現文担当教員、渋谷清が黒板に向かって説明しながら、教科書の文を解読して書いている。

中年の腹が目立ってきている体に、細く線の入ったグレーのスーツを着て、常に黒板に向かって独り言のように呟きながら授業を進めていく。クラスの生徒たちは、背中を向けている渋谷など無視して好き放題している。本を読んだり、お喋りをしたり。今日最後の授業だけあって、誰一人として授業に集中していない。そんな騒がしい生徒たちを敢えて渋谷も注意しない。

一番前の席でただ、机の角に視線を落とし、どこか遠いところを見つめる目で朱理は考え込んでいた。

その姿を三列先の席から、心配な眼差しで理恵が見つめていることも知らず。

そしてもう一人、昼下がりののどかな教室には似合わない、険悪な表情をしているものがいた。

堂場聖嗣。聖嗣は、窓の奥に広がるスカイブルーの空を睨め付けていた。


「朱理、一緒に帰ろう」

帰り支度をして教室を出て行く生徒たちの合間をぬって理恵が朱理に声をかけた。

「ごめん。今日も部室に寄ってくから、先帰って」

紺の鞄に教科書などを詰めていた手を顔の前で立たせ、朱理よりも一〇は低い理恵の顔をすまなそうに見る。

ほとんどの教科書は、机の中や廊下に設置してあるロッカーに置きっぱなしなのだが、宿題を出された教科などのはさすがに持って帰らなくてはまずい。

「…じゃあ、あたしも部室に行こう。朱理の部が終わるまで、マン研の部室で本読んでる」

予想外の返答に、朱理は度肝を抜く。

「い、いいよ。気を遣わなくても。もしかしたら、遅くなっちゃうかもしれないし」

「だったら、なおさらよ。元気のない朱理をほっとくなんてできない。友達だもん」

そこまできっぱりといわれたのでは、朱理は何もいい返せなかった。マン研の部室にいるというならば別に問題はないと思い、朱理は仕方なしに承知した。

事件に関して、調べたかっただけなのに。一応部室にも顔を出すけど…まっ、マン研にいるなら危険はないか。

無理やり納得したうえで、朱理は上機嫌の理恵と一緒に部室のある北棟へと向かった。

「聖嗣、帰らないのか？」

いつまでも席に座ったまま動こうとしない聖嗣に対して、朋也はすぐにでも帰れる状態だ。

「──動きたくても、あれでは」

チラっと廊下に群がる女子生徒、聖嗣ファンの群れに目をやって聖嗣が溜め息をつく。

「あぁ、あれか。ほっといたら家まで着いてきそうだな。そういうのっておっかけとかいうんだろ？　ストーカーってそこから来てるよな、絶対」

一向に動こうとしない聖嗣ファンを、飢えた野獣でも見るような目で見て身体を震わす。

「このままでは、お前帰れねぇぞ」

「大丈夫。対策は考えてある。ただ…」

「ただ？」

そういって、ニヤリと口元の端を上げると巧みの笑みで、聖嗣の机脇に立つ長身の朋也を見上げる。

ゾクッとするとともに、嫌な予感が朋也に走った。

「…もしかして」

朋也の予感は的中した。

「うわぁ、来るな、押すな。どいてくれぇ」

教室の出入り口で群がっていた聖嗣ファンの間を、朋也が全速力で悲鳴に近い叫びを張り上げながら突進していく。そのすぐ後ろについて、聖嗣が朋也に守られながら押し寄せてくる聖嗣ファンの間を通過する。

聖嗣が教室から出てきたことで、一-E教室前廊下にいた聖嗣ファンが、一ヵ所の入口へと詰め寄ってきたものだからさらに密集して、津波のように朋也と聖嗣に雪崩込む。

満員列車に乗っている気分だ。

しかも、ガラスが唸るほどの黄色い叫びに鼓膜が破れそうで、耳を両手で塞ぐ。

一向に前へ進まないことにイラついた朋也がさすがに切れたらしく、聖嗣ファンに負けず劣らずと大声で怒声を聴かした。

「うぉらぁ、邪魔だ、どけぇ」

見ためだけでも怖い顔が怒ったために、近くにいた聖嗣ファンの子たちが一瞬引いた。

「今だ」

その隙を突いて一気に間を潜って、教室の直ぐ脇、階段前の男子トイレへと駆け込んだ。

二人は入って直ぐ男子トイレの扉を閉めると、扉を背にズルズルとずり落ちる。

「ここまではさすがに入ってこないだろう」

一息つけてから聖嗣が漏らす。

「まぁな…って、お前、人を盾に使いやがって、マジで殺されるかと思ったぜ」

肩で息をしながら朋也が、隣で平然としている聖嗣の顔を見やる。

「何が対策だ。単に俺が犠牲になっているだけじゃないか」

「まあまあ。おかげで無事教室を抜けれたんだからさ。感謝してるよ。そのうち、向こうも飽きてくるって」

まだ扉の向こうで騒ぎ立てている聖嗣ファンの声を耳にしながら聖嗣がなだめるようにいった。

が、しかし、それが逆効果となった。

「そ・の・う・ち？　お前のファンが来なくなるまで、こんなことやらせるきか。まるで、俺が聖嗣のボディガード」

「頼むよ。朋也しか頼れる人いないんだよ。お願い」

その女の子とも見える奇麗な顔で、アイドル特有の縋る瞳、甘えた声で頼まれれば何もいえなくなる。

「ったく、仕様がねぇな。ところで、これからどうするんだ？　廊下にはまだ女子どもが待っているけど」

立ちながら朋也が聞く。

「あぁ、それなら大丈夫だよ」

そういうと、聖嗣は真っ直ぐ窓のほうにスタスタと歩み寄ると、四方形の窓をスライドさせて開けはなった。

湿ったトイレに、まだ肌寒い風が流れ込む。

聖嗣はクリーム色のタイルを軽く蹴って、窓のさんに身体を乗せた。

「じゃ、明日な」

扉のところで聖嗣の行動を見つめている朋也に手を振ると、聖嗣はひらりと窓から外へ姿を消した。

「…！　ここ、二階…」

朋也が窓のところに駆けて行き、聖嗣が飛び降りたと思われる下を覗き込んだ。

聖嗣は猫のように軽く地面に着地すると、何事もなかったように走り去って行くところだった。校門のところではなく、体育館がある方へと。

「いくら踊って、歌えるアイドルだからって。あそこまで身が軽いとは…」

そんな聖嗣の姿を、トイレの窓から見つめながら朋也が呟いた。


「終わったら声掛けてね。一人で帰っちゃ駄目だからね」

北棟一階、文化部の部室が並ぶ廊下。

マンガ研究倶楽部と書かれたプレートのある扉の前で、理恵が念を押すように朱理に言葉を吐くと扉の奥へと入って行った。

しつこくいう理恵に心配させないようにと無理やり笑顔を作って見せる。がしかし、口の端が引きつってしまう。無理に笑った顔で理恵に手を振る朱理は、理恵の姿が扉の奥に消えたのを確認して、一番奥にある写真部部室へと向かう。

陽の光の届かない蛍光灯だけの薄暗い廊下。その奥にある扉を軽く叩く。

返事を待たずに朱理は扉を開けて中へと入って行く。

部室には相変わらず、部員たちが集まっていた。放課後ともあって、いつものところ、窓際のデスクの椅子に美弥子の姿も見える。

部員たちは、中央に置かれてあるシースルーのガラス板でできたテーブルを囲んで話をしていた。

隅にある大型テレビには、さっき飛ばしたてんとう虫型超小型カメラに写る映像、体育館用具室が画面に映し出されている。

今は、まだ何もない普段通りの体育館用具室だ。

朱理は、真剣な顔で話し合っている部員たちの輪に、ちょこんと座って耳を傾けた。

「黒い渦が、どうやって出てくるのかがわからない」

大熊が眉を歪ませて唸る。

「SFみたいなものなんだから、あたしたちにはどうしようもないよ」

「ゆかのいう通り。今回の事件は手も足も出せない」

イエローウォーカーのソファに深々と腰を沈めている久美が呟く。

「一瞬にして消えられては、助けようもないぜ」

その隣に座っている伊藤が、長い脚を持て余すように組み直す。

緊迫した空気が流れる中、朱理は部員たちの真剣な表情を見つめ思った。

なぜ、こんなにも事件のことを考えているんだろう。これほどに、事件を追求するの？　まるで、探偵みたいに。

あーだ、こーだと話している部員たちの行動を妙に思えてきた。

学校に事件が起きたことに興味を持つのは当たり前だが、カメラまで作って監視したり、事件のことを深く考えていたりと普通の写真部としての活動ではない。

そんな疑問を、朱理はどうしても知りたかった。

一時、話が途切れて沈黙が訪れた今を見計らって、朱理は問いただした。

「…あの、先輩？」

静寂した部室の中に、遠慮がちに出す朱理の声だけが響く。

不意に隣から声が聞こえたことで、ゆかが朱理とは反対側にのけ反って驚いた。

「うわっ…、びっくりした。藍原、いたの？」

驚いたのはゆかだけではなかった。

話に集中していた部員たちが、突然視界に入った朱理の姿に声が出ない。

「ひどいですぅ、私の存在に気づいていなかったなんて。そんなに、事件のことを調べてどうするんですか？」

幽霊でも見たような顔で自分のことを見つめている部員たちの顔を、膨れた顔で見据える。

「さっきから聞いてて思ったんですけど、探偵みたいですね。事件のことを詳しく調べているところとか…」

朱理の言葉で、一同ぎくりとした顔になる。

好奇心から来るのか、返ってくる言葉に興味を抱いて見つめる朱理の目が輝いていた。

そんな朱理の顔から目を逸らすかのように、中をさ迷う目でゆかがどう答えたらいいか迷っている。

「…えっと、そ、それは…」

そんなとき、出し抜けに香代子が高い声を張り上げた。

「あぁー」

耳にキンキンとくる声で、朱理は眉をしかめる。

「どうしたんだよ」

同じく眉間に皺を寄せて、伊藤が立ち上がった香代子の姿を見上げた。

ゆかは、朱理の気が他に逸れたことで安堵の溜め息を漏らしている。

隅に置いてある大型画面のテレビを、ただ立ったまま黙視している香代子。その視線の先を一同が注目する。

「あら、誰かが映ってるわ」

窓際の椅子に座ってテレビの画面に目を向けていた美弥子が声を出した。

確かに画面には、用具室の中で何かをしている二人の男子生徒が映っていた。

「あいつら、新聞部だ」

「立て続けに生徒が消えていることを記事にするつもりね。そういえば、いろいろと聞き回っていたわね」

伊藤に代わって香代子がやっと口を開く。

画面に映る新聞部は、香代子の言った通り周囲を隈無く調べ始めている。

朱理は、画面を見ながらまた胸騒ぎが起きてきた。

嫌な予感。あの、暗い闇のようなブラックホールが脳裏をよぎる。

危険、危険。

そう、心が叫んでいるように鼓動が早くなる。

「藍原?」

身を小さくして、テレビの画面に穴が開くほどに凝視して動かない朱理に久美が声をかける。

聞こえているのか聞こえていないのか、朱理はすくっと立ち上がるとそのまま戸口のほうへ向かった。

「…藍原！」

香代子の呼び止める声など無視して、朱理は扉を開けると廊下に出て走り出した。

「藍原、俺たちよりも事件に興味持ってないか？」

廊下を走る朱理の足音を聞きながら伊藤がいった。

「呑気なことをいっていないで、あたしたちも追いかけるよ」

既に戸口にいるゆかにいい立てられ、伊藤が周囲に目を向けた。既に、他の部員たちも戸口へと足を向けている。

遅れながら伊藤も後を追いかけた。

誰もいなくなった部室で、テレビの画面に映る体育用具室で異変が起き始めていた。

〝人間のエナジー…〟

地の底から響く声。

体にまとわりつくような、唸る声が頭に響く。

「…あの声、まただ。早くしないと」

朱理の走る速度が次第に早くなる。

「なぁんにもないですね」

敷き詰められてある体育用具を見渡しながら、黒い髪を立たせた色白の顔を振り向かせ、側で同じく跳び箱の間に顔を突っ込んでいる男子生徒に目をやる。

「ここで、何人もの生徒が忽然と消えているんだ。何か抜け穴か仕掛けがあるはず。見つけたら特ダネだ」

跳び箱の間にあった顔を突き出すと、どこか期待に溢れた目を輝かす。わざと、無造作にセットしてある髪が似合う活発そうな顔にキリリと眉毛が目立つ。

そんな二人が再び用具室内を調べ始めたとき、中央の床がグニャリと歪み始めた。

歪みは、次第に大きくなり、その中心に黒い渦が姿を現し出す。そんなことを新聞部部員は気づいていない。

〝…生気、エナジー…〟

「魔界の者の声…、〝気〟が現れた。また、襲う気か」

体育館に向かっていた聖嗣が足を速める。

聖嗣が体育館前まで来ると、体育館入口の左側にある用具室の窓から黒い靄のようなものが動いているのが見える。

聖嗣はその靄を目にすると、さらに速度を速めて体育館へと入って行った。

その後から、風のような速さで朱理が体育館の中へと入って行った。そして、開け放されている体育館用具室の入口で止まると、透き通るような声で叫んだ。

「そこにいる人、今すぐ用具室から出て」

北棟からかなりの速さで走ってきたにも拘らず、朱理の声は全く乱れていない。

「えっ？」

突然見知らぬ生徒に叫ばれ、その場で茫然と立ちつくしている新聞部員は、入口のほうに顔を向ける。

その先には、モデルでも通用するスタイルに、見惚れてしまうほど整った美貌の顔にさらりとかかるオークルの髪。この学園の真新しい空色の制服を着た女子生徒、朱理が眉を吊り上げて立っている。そして、隣には、今大人気のアイドルグループ『F

LAME』の一人、聖嗣が少女のような白い肌に整った容姿、可愛いとも、かっこいいともいえる顔をしかめていたのを、きょとんとした表情にして隣で叫んだ朱理のことを見ていた。

「…な、なんだ、君たちは」

美しい二人の登場に戸惑っている新聞部員を、さらにまくし立てる。

「んなこと言ってないで、早く用具室から出てきて」

既に新聞部員の足下には、黒い渦が迫ってきていた。

「なぜだ?」

無造作ヘアーの男子生徒が、邪魔されたことで不愉快の顔をしている。

足下の黒い渦には、全く気づいていない様子。

「いいから、早く」

なかなか出てきてくれない新聞部員に、朱理は苛立った口調になる。

「…どうした?」

朱理の後を追いかけてきた写真部一同が、遅れながらもやっと体育館に姿を現した。

先頭きって走ってきた伊藤が、用具室の入口で叫んでいる朱理に声をかけた。全速力で走ってきたために息が荒い。

その姿を見て、朱理は助けを求めるように困った顔で、猶且つ黒い渦が迫ってきているということで一刻を争う事態だということを焦る声でいいまくる。

「あたしのいうことを聞いてくれないんですよ」

という声を聞いているのかわからないが、香代子がこんな事態に黄色い声を上げた。

「きゃぁ、聖嗣だ。堂場聖嗣くんがいる」

部活動をしていない、静まり返った体育館に香代子の声がこだます。

きゃあ、きゃあと跳びはねながら喜んでいる香代子の視線は、写真部員のほうを向いている朱理の後ろに向けられている。

―聖嗣？『ＦＬＡＭＥ』の堂場聖嗣が？

そぉっと、後ろを振り向く朱理に、聖嗣はお決まりのアイドルスマイルをして見せる。

紛れもなく、そこには堂場聖嗣が立っていた。

今の、今までその存在に気づいていなかったのだ。

「ずっと、見られていた？」

朱理は口の中で呟くようにいって、また、何もいわずにただ自分のことを見ている聖嗣のことをちらっと見た。

「…あっ、そんなことよりも、黒い渦！」

我に帰って、用具室の中に視線を戻す。

「ひっ…」

既に新聞部員のいる床が黒い渦に変わっていた。

「何、やってんだよ」

朱理の後ろから覗き込んでいた伊藤が、とろとろしている新聞部員に声を張り上げ、自ら黒い渦の用具室に飛び込んで行く。

「伊藤！」

側にいた一同が声に出す。

「なんなんだ…、うわぁ」

突然怒鳴ってくる伊藤に振り向いた新聞部員の体が、ガクッと体勢を崩して宙に浮く。その瞬時にかなりの速度で黒い渦の中へと体が落下した。

「うわぁ…」

同時に、助けるために用具室へ飛び込んで行った伊藤の体も黒い渦の中へと落ちて行く。

「伊藤さん」

そう叫んだ朱理は、迷いもなく伊藤の後を追いかけて黒い渦の中へとダイブした。

なぜだかわからないけど、気がついたら体が黒い渦へと飛び込んでいたのだ。あの、地の底から響いてくるような、恐ろしい呻き声に引かれるように。

「—あっ、おいっ」

無防備な朱理の行動を見て、側で様子を伺っていた聖嗣が驚いた顔で叫ぶと、次の瞬間には、朱理の後を追って黒い渦の中に身を投げていた。

「聖嗣くんまで…」

香代子が手を前に突き出した姿でいったときには、用具室に現れていた黒い渦は消えかかっていた。

そして、新聞部員と、伊藤、朱理、聖嗣を飲み込んだ黒い渦は残された写真部員の前で消えてしまった。今は、元の何もない普段の用具室に戻っている。

体育館内は静寂に包まれた。


「…うっ」

真っ暗な闇の中を朱理は、息もできない速さで落ちていた。

—ドサッ
重い音と共にお尻から着地する。

「いったぁ」

顔を歪め、強く打った尻を摩りながら。やっと底らしき地に立ち上がる。

「ここ、どこよ」

まだ、ジンジンと痛む尻を摩って周りに目を遣る。

黒いペンキでも零したかのような、真っ暗な闇。

全く見えない。それが、朱理の恐怖感を募らせていた。

歩くことすらできない状況だ。

「おい、大丈夫か？」

闇の中から誰かの声が聞こえた。

よく通る美声。いつも、どこかで聞いていた声。

「…聖嗣？」

姿は見えないが、声のするほうに顔を巡らす。

もちろん、何も見えない
「ったく、無茶する奴だな」

声が徐々に近づいてくる。

目を凝らしてその方を見遣る。目が慣れてきたのか、ぼやっと人の形が見えてきた。

「こんな、危険なところに飛び込むなんて…」

声の主が目の前まで来たときには、近場の周辺なら確認できるほど見えるようになっていた。

「堂場聖嗣。…なんで？」

暗闇の中から現れた、少女のような可愛いともいえる顔、『FLAME』の一員で、朱理のクラスメイトでもある堂場聖嗣、用具室の入口にいたはずの聖嗣が今は闇の中、朱理の目の前にいる。

「なんで？　って、こっちが聞きたいわぁ。いきなり、飛び込むんやもんな。怖いもの知らずなのか？」

暗い闇が広がる周辺に目を遣りながら聖嗣が呆れた声を出す。

「…こ、怖いわよ。でも、気持ちよりも先に体が動いてて」

教室では全く話したことのない、しかも、ずっとファンをしていた大好きなアイドル聖嗣に声を掛けられたことで、胸がどきどきとしてまともに顔を見れない。

どこまで続いているのかわからない、暗闇の奥に視線を向けて朱理は応えた。

「正義感ってやつか」

「そんなんじゃ…」

朱理が頬を赤らめて反論したとき、

ゴゴゴゴ…

唸るような音を響かせて、地面が激しく揺れ動いた。

「うわっ、なに？」

激しい地鳴りで、立っていられなくなった朱理はその場に座り込む。

聖嗣は、うまくバランスを取りながらも周りに警戒を張らしている。

〝エナジー、人間の生気〟

地鳴りの音に交えて、また声が聞こえる。しかも、近い。

「…あの声。ここにいるの…」

振動に耐えながら、朱理は暗い闇の一点を見つめて呟いた。

そんな朱理の呟きをも聞き逃さなかった聖嗣は、隣でしゃがみ込んでいる朱理の姿を直視する。

「…お、まえ、声が聞こえるのか？　魔界の者の声が…」

驚きの入った聖嗣の言葉に朱理が問いかける。

「聞こえるわよ。あんな不気味な声が体に響いて離れないのよ。…ところで、魔界っていったわよね。何、魔界ってのは」

「…知らない？　まだ、力に気づいていないのか？」

まだ地鳴りで揺れる中、聖嗣の顔が朱理を見つめて離さない。

意味の分からない言葉ばかり口にする聖嗣に、少し苛立った口調で朱理が声を上げる。

「一人で合点してないで、教えてよ。魔界って何よ、力って何なのよ」

「何にも知らないんだな」

「だから教えてっていってるんじゃない」

地の底から湧いてくるような唸り声に震える体を抑えながら聖嗣のことを睨め付ける。

そんな朱理の視線など気にせず、聖嗣は、しゃがみ込んでいる朱理に合わせるように、目の前でしゃがむとシャツの中から何かを取り出した。

「…あっ」

銀の鎖で繋がれた先には、直径二センチほどの珠。水晶のような輝きを持つ奇麗な珠が暗闇の中でも光って見えている。はっきりとは見えないが、橙色をした珠だ。

何処かで見たことあるような珠。見覚えのあるその水晶のような輝き。

そう、朱理がいつも肌身離さず付けている、ネックレスの赤い珠にそっくりなのだ。

もちろん、そのことにはすぐに気づいた朱理の声が詰まる。

「この珠に見覚えないか？　この魔界の者の声が聞こえるゆうなら、同じものを身に付けているはずや」

―ぎょく？

朱理は、目の前に出された聖嗣の橙に輝く珠を見つめながら、そっと、シャツの中にある自分の赤い珠に手をやる。

…熱い。

ほのかに熱くなっている赤い珠を、シャツの中から取り出した。

その瞬間、朱理の赤い珠が発光した。

「わっ…」

ずっと暗闇に慣れていた目には、その眩い光は強すぎた。朱理と聖嗣は、光を避けるように目を閉じる。

何とか目を細めて様子を探る。

「やはり、あの時と同じ…」

一人確信する聖嗣とは逆に、朱理はさらに目を細めて驚いた。

今や、朱理の赤い珠だけではなく、聖嗣の持っている橙の珠も赤い珠に共鳴し合うように、眩い橙色の光を放している。

暗闇だった周辺は、その二つの光で太陽が差したかのような明るさを保っている。

夜から、一変して昼間の明るさ。

「赤い珠。…炎を操る者」

二つの珠から発せられた光が、普通の輝きに戻っていくのを見つめながら聖嗣が呟く。

また、暗闇へと戻る。

「何なの、今のは…」

まだ、瞼に赤と橙の光が残る目を瞬きしながら、茫然として朱理が口を開いた。

「…仲間。光の者の証」

「光の者？」

朱理は、聖嗣の理解できない言葉に眉をしかめながら、今は普通の輝きに戻っている赤い珠を見つめている。

「そうや、七つの光のうちの一人。赤い珠、炎の力を持つ者」

淡々と話す聖嗣の言葉に、朱理は顔をしかめているだけだった。

何なのよ。光の者、炎の力って。これは夢なんだわ。

本の中でしか聞いたことのないような話に、朱理は自分のいる場所を忘れていた。

頭の中は、次から次へと起きる出来事で混乱している。現実なのかさえも定かでない。

—ガクンッ
今まで続いていた地鳴りが、大きく一揺れして揺れが止まった。
その衝撃でしゃがみ込んでいた朱理は、バランスを崩して地に尻を打った。
「…きゃっ」

尻もちをついた体勢で、朱理は打った尻の痛みで整った顔を歪める。

痛い。…夢じゃないの？

地鳴りの音も、地の底から響いてくる声も今は消え沈静な闇になっている。

その静けさと闇が恐怖を漂わしている。

「ちっ、これじゃ、何が起きているかわからへん」

そういうや否や、聖嗣は立ち上がると右手を上にかざした。

右手に精神を集中させる。

すると、かざした右手のひらに橙の光が覆い、掌の大きさほどの球が現れた。

聖嗣の持っている橙の珠と同じ光を発する球を宙に浮かせると、おもいっきり上空へ飛ばした。

宙高く飛んだ橙の球は、四方八方に発散して、暗い闇を日中の陽の如く太陽が差したかのような明るさにしていく。

まるで、闇を照らす太陽だ。

聖嗣の放した球のおかげで、周囲の様子が伺える。

相当広い穴なのだろう。奥のほうにまで聖嗣の放った光が届かず、まだ暗い闇が続いている。天井も高く、光が届いてるところだけがドーム状になっている。

ただわかるのは、地が平らになっていて、まるでコンクリートでできているみたいにならされている。

太陽のような眩しさの光で、額に手で影を作りながら朱理は立ち上がった。スカートに付いた埃を払うように手でばさばさとさせている。

そして、明るくなって見やすくなった周囲に目を走らせた朱理が、くりっとした目を更に大きく見開いて声を飲み込む。

「ひっ…」

「…出たな、化け物」

身を引いた朱理の前で、朱理を庇うような体勢で冷静、沈着な聖嗣は前方を睨みつける。

五、六メートルはあるかと思うほどの巨大な生き物の姿。全身黒尽くめの毛で覆われている。

顔の真ん中には、ギラリと怪しく光る大きな目が光っている。その目が、朱理と聖嗣に向けられていた。

口からは鋭く尖っている牙が出ている。

見たことのない得体の知れない姿に、朱理は目が放せないまま体を震わしている。

「…何、あれ」

「魔界獣。魔界の者の使い魔でもある鬼だ」

目の前の巨大な生き物から目を離さずに聖嗣は声を低くする。

警戒しながらも、身構えて、いつでも戦える姿勢だ。

—鬼？　あれが鬼なの…毛で覆われた、でかい化け物が？　まるで、巨大な大猿にしか見えないのに。

朱理と聖嗣に牙を向け、白く濁った唾液を床へ落としながら、魔界獣が唸りをあげた。

地の底から響くようなその唸り声は、今まで朱理の頭に響いていた飢えたような声そのものだった。

「お前、俺から離れていろ」

緊張した口調で、後ろにいる朱理に聖嗣が言った。

「な…にする気よ」

「決まってるだろ、戦うんだよ」

「戦う？　どうやってよ。あんな巨大な鬼と？　これテレビじゃないんだから、そんなことできるわけないでしょう。死んじゃうわよ」

人間なんか一飲みできそうな鬼を目の前にして、平然という聖嗣の顔を朱理が覗く。女の子ような奇麗な顔、いつも笑顔のアイドルとは違って、今は真剣な表情で魔界獣を睨みつけている。

聖嗣は本気だ。

「光の者。赤い珠を持つ者なら自覚しておくんだな」

ちらっと朱理に目を走らせ、聖嗣は話を続ける。

「今、人間界に解き放たれ、自由にこの世界を動き回っている鬼。魔界の者。人間たちの生気を奪う鬼どもを、我々光の者、七つの珠を持っている俺たちが降魔するんだ。

ずっと昔から続いてきている仕来たりだ」

「降魔するって」

「悪魔、鬼を降伏させること。つまりは、退治するんだ」

といわれても、朱理には全く理解できない。

—ビュッ
その時、二人の頭上を重く、生臭いような風が吹いた。

「な…に!」

聖嗣が一瞬、魔界獣から目を放したときだった。

今まで前方にいた魔界獣が太い脚で地を蹴ると、大きく跳躍して二人の立つ上を飛び越えたのだ。

すぐ後ろから聞こえる唸り声に、身構えたまま後ろを振り向く。

牙を剥き出しにして唸る魔界獣が、今にも飛びかからんばかりにギラつく目を向けている。

朱理と聖嗣に顔を向けたまま、目の下まで裂けている大きな口を開き、唾液を流す。

そして、目標を定めた魔界獣は、再び突進してきた。

「ちっ…」

聖嗣は小さく舌打ちすると、隣にいる朱理を軽く抱いて地を蹴った。

「ひあっ」

いきなり聖嗣に抱かれて、しかも数メートルも高く飛んでいることで、朱理は声を漏らした。

突進してきた魔界獣の頭上を飛び越え、うまく攻撃をかわした聖嗣は、魔界獣から離れた場所へ軽く着地する。

朱理は、大好きなアイドル聖嗣にお姫様抱きで抱かれていることよりも、自分を抱きながらも高く飛んだ聖嗣の脚力に圧倒されていた。

「すごい」

驚く朱理を丁寧に降ろした聖嗣は、すぐに、魔界獣と向き合う。

「死にたくなかったら、この場から離れるんだ。奴の気は俺が引くから」

「でも、あたしも戦わなくちゃいけない」

「お前、全然わかっていないな。普通に戦える相手ではないんや。ましてや、女のお前になんて無理だ」

魔界獣から目を離さずに聖嗣がいう。

「お前、お前って。あたしの名前は朱理よ。藍原朱理。クラスメイトの名前くらい覚えてよね。それに、あたしは、聖嗣のいう光の者なんでしょ？　だったら…」

「珠の使い方も知らないのに？　〝気〟も操れないお前がどうやって？」

聖嗣のいうことは正論だ。

確かに、朱理が光の者で赤い珠を持っていても、聖嗣のように掌から光を出すことなんてできっこない。

普通の人間の女の子と何の変わりはない。

そんな朱理が戦いに参加したら、逆に聖嗣の足を引っ張ることにもなりかねないのだ。

「わかったなら、早く離れろ」

怒鳴り口調で叫ぶや否や、聖嗣は魔界獣の気を自分に寄せ、一気に宙高くジャンプした。

上に移動した聖嗣の動きに合わせて、魔界獣も宙へと、巨大な体を飛ばす。

空中に飛んだ聖嗣と魔界獣の姿を見上げ、悔しい面持ちの朱理は聖嗣に言われた通りに、その場から離れるため走った。

とりあえず、戦いの邪魔にならない場所へと無闇に走る。

ドサッ
「痛っ…」

ある程度の距離を走ったとき、何かに足を取られて転んでしまった。

整った顔をしかめて、ゆっくりと上体を起こす。

「一体、何なのよ」

転んだときに、地に膝をぶつけたのか、膝を手で摩りながら足下に視線を向ける。

「い…、伊藤さん？」

そのものに目を向けていた朱理が、足下に転がるように倒れている人形に近寄る。

諸湖学園の制服を着た生徒が、棒のように真っ直ぐにうつ伏せで倒れていた。ちらりと見える顔からにして、黒い渦に飲み込まれた、写真部の伊藤恵一だ。

5

「伊藤さん。伊藤さん、起きて」

うつ伏せになったまま気絶して動かない伊藤の体を、朱理は限度というものを無視して、激しく上下に揺すった。

だんだんと、それが激しくなり、倒れている伊藤の頭がグラグラと揺れている。

「…うっ、苦し…い」

床に幾度となく頭をぶつけ、伊藤が顔を歪めながら声を漏らした。

「伊藤さんが生きてるぅ」

閉じていた目が開くのを見て、朱理はホッとした。

「…その言い方だと、死んでいたほうが良かったみたいだな」

頭を手で押さえ、顔をしかめて起き上がりながらも、嫌味を投げつけてくる。

「そんなこと、ないですよ。すっごく心配したんですから」

伊藤に見つめられて、朱理は頭を横に振った。

朱理の瞳は真剣そのもので、心底心配していたことが伺える。

「ところで、ここは…？」

周囲に視線を走らせた伊藤の動きが固まる。

一〇〇メートル程離れた先に、ドーム状に明るい光が照らし出され、その中で、遠くからでもその大きさが判別できるほどの黒い生き物が激しく動いている。

その明るい場所から聞こえてくるのであろう、恐ろしい唸り声と何かが弾けるような音。

向こうの光が微かに届いて、薄暗いこの場所を見る限り、全体的に大きな洞窟か、地下洞で、本来は暗い闇に包まれていたことが想像つく。

「伊藤さん、覚えていないの？　用具室に現れた、ブラック・ホールのような黒い渦の中に飲み込まれたこと」

「…あっ、そうだ」

気絶していて、忘れていたのだろう。

軽く、ポンッと手を叩くと、薄暗い周囲に目を配る。

一緒に落ちた、新聞部員のこと捜しているのだろう。

三六〇度右も左もわからない中で、きょろきょろと動いていた伊藤の視線が一ヵ所で動きを止めた。

「どうしたんです？」

朱理が、一点を見つめたままになっている伊藤の脇から、ひょいっと顔を出してその先に視線を合わせる。

「…あっ」

朱理の目に映った光景は、今まで、用具室で行方不明になっていた生徒たちが山積みで、重なり合うように倒れている姿だった。

もちろん、あの新聞部員の姿もある。

そう伊藤のいた場所から離れていなく、朱理と伊藤は、倒れている生徒たちのところへ駆けて行った。

伊藤のときと同じく、みんな気絶しているのか、ピクリとも動かない。

生きていることすら、怪しいほどに。

まるで、壊れたマネキン人形だ。

「おーい、大丈夫か？」

伊藤が、一番近くでうつぶせに倒れている新聞部の、無造作ヘアーの男子生徒の耳元で叫んでみる。

だが、反応は全くゼロ。

体を揺すっても、頬を軽く叩いても、人形のようにぐったりとしている。

「…い、やだ。そんなのは嫌」

目の前でぐったりとして目を閉じている生徒たちを見つめながら、朱理はその場に座り込んだ。

ここまで来たのに、遅かったというの？　あたしにできることは、何もないの？

赤い珠を持つ者として…。

胸の上で光る赤い珠を握りしめて、考え込む。

その姿が、伊藤には泣いているように見えたのか、気づかいながら明るい声で伊藤が話す。

「まだ、死んだとは決まったわけじゃない。とにかく、ここから出られる出口でも見つけようぜ」

朱理は、伊藤の差し出された手を無視して一人で立ち上がると、光が当たっているドーム状の中心を凝視する。

立場をなくしたその手を伊藤は淋しく戻す。

光の中でうごめく、黒い巨大に目を置いたまま、朱理の足はゆっくりとその方に近づいて行く。

「藍原？」

何かに操られるかのように、ゆっくりと光の中へ進んで行く朱理の後ろ姿を見つめ、そして、意を決したかのように伊藤も後を追って行く。

周りが徐々に明るくなるにつれて、うごめいていた黒い巨大なものがはっきりと見えてくる。

五、六メートルはあるだろう巨大な背丈。
全身黒い毛で覆われた、猿のような、ゴリラのような姿。

でかい二本足で立ち、前屈みに傾いてる身体。長い手が地に着きそうなほどに垂れている。

鼻、口が尖るように前に出ていて、牙が剥き出しにされている。唸る声と共に白く濁った唾液が地に落ちる。

ギロリと怪しく光る目は、何かを捕らえて放さない。

「…なんだ、ありゃ」

危機感を感じさせない声。

伊藤の気の抜けた表情からにして、目の前の巨大な生き物を作りものだと思っているようだ。

朱理は、改めて魔界獣の姿を目の前にして体が震えだしていた。

足が音を立てて、ガタガタと鳴っている。立っていることさえやっとといった感じだ。

…だめ。こんなんじゃ、戦うことすらできない。

逃げる気持ちを必死で押さえる。

「聖嗣。…聖嗣はどこ？」

魔界獣の気を引くといって、一人、魔界獣に向かった聖嗣の姿を捜す。

「あれ？　堂場、堂場聖嗣！」

朱理よりも早く、隣にいた伊藤が声を張り上げて叫んだ。

伊藤が指さす先には、巨大な魔界獣と睨み合っている聖嗣の姿があった。

「なんで、堂場がいるんだよ。…あぁ、もしかして、これって何かの撮影とか？」

全く現実を把握していない伊藤。

しかし、現実は変えられない。

今の伊藤の声で、聖嗣のことしか見えていなかった魔界獣に気づかれてしまったのだ。

ギロリと光る目が、こちら側に向かれる。

それと同時に、聖嗣にまでも見つかってしまったのだ。

「何で戻ってきたんや」

朱理の姿を見るなり、聖嗣が怒鳴った。

「だって、あたしだって…」

朱理はそこまで言って、声を詰まらせる。

赤い珠のことを知らない。使い方すら解らない奴が、どうやって戦うというのか。

わかってる。そんなことは、自分でも承知済み。

また、聖嗣に怒鳴られることを恐れていえなかった。

下唇を噛んで堪えている朱理に、伊藤がまた脳天気なことを口走る。

「もしかして、撮影の邪魔?」

「ちが…!」

朱理がいおうとした言葉を、聖嗣の危機叫ぶ声がかき消した。

「よけろっ!」

その声が聞こえた直後に、風の唸る音がよぎって、黒いものが目の前に現れた。

「うわぁぁ…」

隣にいた伊藤の恐怖に満ちた声が耳を割る。

「ひっ…」

あまりの出来事に朱理は声を失った。

聖嗣の前にいた魔界獣が、今や唸りを上げて伊藤の体をでかい足で踏み潰していたのだ。

指の間から見える伊藤の顔は、さっきまでの陽気な顔とは違い、気絶する寸前の恐怖で強張っていた。

魔界獣は、伊藤のことを食べようといわんばかりに、口を開いて牙を見せている。

そこから、濁った唾液が滝のように落ちている。

「…伊藤さん！」

目の前で起きている事の大きさに、朱理は考えるよりも先に体が動いていた。

「駄目だ。朱理、近づくな。行くな！」

こちらに走ってくる聖嗣の叫びなど、今の朱理には聞こえていない。

ただ、伊藤を助けるだけに意志を向けていた。

「朱理！」

聖嗣が呼んだときには、朱理の身体は魔界獣の開いている口の真下、伊藤が捕まっている足下に立っていた。

唾液を流しながら唸る魔界獣を見上げながら、朱理は声を張り上げた。

「──こっちよ。あなたの相手はこのあたしよ。だから、伊藤さんを放して」

叫ぶ朱理に気づいた魔界獣は、自ら側へ寄ってきた朱理にギラつく目を向ける。だが、伊藤を押し潰している足はそのままだ。

巨大な足の下で、伊藤の顔も段々と青ざめてきていた。

朱理の言葉が通用するとは、はっきりいって思っていない。口に出していわないと、気がすまない。朱理の性格だ。

「死ぬ気か」

聖嗣の声。

だけど、朱理は答えようとしない。

ツカツカと前へ歩み寄ると、伊藤を掴む足を蹴ったり、持ち上げたりと、行動に移したのだ。

足だけでも、朱理の数倍も上回っている。そんな朱理の攻撃なぞ、魔界獣にとっては痛くも痒くもない。

警戒していた聖嗣が、おもむろに緊張した声で叫び、自らも朱理のほうへと走り寄る。

「離れろ…朱理、今すぐそいつから離れるんだ」

だが、聖嗣の警告が言い終わる前に、魔界獣の長い腕が風を切った。

—ビュン
「きゃっ…」

ドンッ…

瞬間、朱理の体が数メートルも高く飛んでいた。

そして、重力に従って地に打ちつけられた。

「痛…、んっ?」

おもいっきり落ちたはずが、全く怪我していない。それどころか、何かの上に乗っている感覚で、顔をそのほうに見遣る。

一瞬、朱理の顔から血の気が引いた。

「…聖嗣？」

「わかっているなら、早く退いてくれ」

聖嗣の体の上に落ちていたのだ。

朱理が魔界獣の腕に弾き飛ばされたとき、聖嗣は地を蹴って、宙を舞う朱理のことを宙で受け止めたのだ。そして、聖嗣が自らの体をクッション代わりに下へ滑り込ませて地に落ちた。

あの勢いでは、朱理を抱えて着地するのは難しかった。やむをえず、ああいう形になったというわけである。

「ごめん…、ありがと」

慌てて聖嗣の体から立ち上がると、恥ずかしさで、聖嗣に背を向けたまま礼をいう。

体を起こした聖嗣は、じっと背を向けている朱理のことを見つめると、いきなり後ろから朱理の手を引いて正面を向けさせた。

「なっ…」

腕を捕まれ、逃げられない体勢になった朱理は、驚く顔で、目の前に寄せられた少女のような奇麗な聖嗣の顔を見つめる。

「ちょっ…、聖嗣…」

朱理の頬に、聖嗣の手が触れた。

ガラス細工のような壊れやすいものにでも触れるように、そっと手を寄せられたはずなのに、触れられた朱理の頬に痺れるような刺激が走った。

「―いやっ」

思わず顔をしかめて、身をよじる。

「やはり、さっきの攻撃でやられている」

下を向く朱理の顔を見つめながら聖嗣が呟く。

「朱理…、顔を見せて」

優しい口調で話す聖嗣に、朱理は顔を下に向けたまま横に振る。

「嫌じゃない。顔に怪我しているんだぞ。傷が残ってもいいのか？」

言葉がきつくなっている。
それでも、朱理は顔を上げない。
そんな朱理の顔を、力づくで、猶且つ傷を労りながら上を向かせる。
「―朱理！」
―プチッ
上を向かされた反動で、何かが弾くような、切れた音が朱理と聖嗣の間で聞こえた。
えっ…。
考える隙はなかった。
瞬時に、聖嗣の放した光で明るく照らされていた空間が、更に眩しく輝き出したのだ。
橙の陽に、赤く揺らめく炎のような陽。
それが、聖嗣に掴まれている朱理の身体から発散されていた。
赤い炎のような光に包まれている自分の身体を、朱理は唖然として声をなくしている。

何が起きたのかわからないといった顔の朱理を見つめ、聖嗣は周りを覆う赤い光に目を走らす。

「正しく、赤い珠を持つ、炎の力を受け継がれた者。光の力の証」

口の中で呟く聖嗣の目に、足下に転がっている球が映った。

手に取って拾うと、それは二センチほどの赤い水晶。

赤く輝く、赤の珠。

朱理の珠だった。

恐らく、魔界獣に弾き飛ばされたときに、ネックレスとして繋いでいた銀の鎖が切れたのだろう。それが、かろうじて首に付いていたものが、聖嗣に顔を掴まれたときに落ちてしまった。

〝エナジー…、ツヨイエナジー…〟

伊藤の体を押さえていた魔界獣が、赤い光に包まれている朱理に、ギラつく目を向ける。魔界獣の気が、朱理に一転した。

押えつけられていた魔界獣の足が退かされたことで、下にいた伊藤が急に入ってきた酸素で咳き込んでいる。

「身を守る珠が外れたことで、秘められている〝気〟が表へ出てしまった…」

唸る魔界獣を睨みながら、聖嗣が身を構える。

「…どういうことよ。この光、消えないの？」

朱理は、一向に消えようとしない赤い光に、身体から光を発する自らにも怖さをも感じてきていた。

「今は、説明してる暇がない…」

落ち着かない朱理に背を向けたまま声を上げる聖嗣は、既に、朱理の発する〝気〟に引き寄せられているように、こちらに向かって突進してくる魔界獣に、自らも地を蹴って立ち向かっていた。

パシィィー
聖嗣の投げつける橙の光の球が、魔界獣の片目に当たる。

〝ウォォォ…〟

潰れた片目から、紫の血を流しながら魔界獣が苦しみだした。

悲鳴を上げる魔界獣に、容赦なく聖嗣の手から生み出される光の球が激しくぶつかる。

そして、残りの片目にも光の球が命中した。

視界が消え、目が見えなくなったのと、激しい痛みで暴れ出す魔界獣は、それでも全速力で突進してくる。朱理の〝気〟を頼りに。

闇雲に突進してくる魔界獣は、朱理にでも簡単に逃げられる。

「これで、降魔してやる」

といって聖嗣の振りかざした両手には、今までよりもでかい橙の球が作られていた。

しかし、そこで朱理が切り裂くような声で叫んだのだ。

「やめてぇー」

その叫びで、聖嗣の動きが一瞬止まった。

「なんでや、あいつを倒さん限りは、俺たちはここから出られへんで」

「でも…」

朱理の視線の先には、魔界獣に引き落された行方不明の生徒たちの倒れている姿があった。その手前には、暴れて走り回っている魔界獣が。
このままでは、倒れている生徒たちに突っ込む恐れがある。
朱理はそれが心配で、気がかりなのだ。
「その前に、降魔して封じる」
確信した声で、聖嗣は頭上に作られた橙の巨大な球を魔界獣目がけて放った。
巨大な球は、速い動きで魔界獣の身体へと向かう。
見事、その球が暴れる魔界獣を捕らえた。
バチ、バチ、バチ
電撃の弾ける音がして、魔界獣の身体は橙の光に覆われる。
〝グォォォー〟
更に、苦しく唸る魔界獣の声。
身体を光に包まれながらも、しぶとい程に消えようとしない。
「ちっ」
舌打ちする聖嗣をよそに、魔界獣はのたうちながら、どんどんと倒れている生徒へとよろめいて行く。

朱理の不安が募る。

「ダメ」

朱理の祈りも虚しく、倒れている生徒のすぐ側まで魔界獣が迫っていた。

「イヤ…」

魔界獣に踏み潰される。もう、間に合わない。

恐ろしい現実から逃れようと、目の前で起きている光景から目を逸らすように、朱理はぱっちりとした目を固く閉じて耳を塞いだ。

助けることができず、ただがむしゃらに叫びを上げる。

聖嗣が再度とどめを刺そうと、両手を前へ突きだしたその時、

「いやぁぁぁー」

悲痛な朱理の叫びが響くのと同時に、朱理の身体を包んでいた赤い光から、猛烈な速さで赤い光線が魔界獣へと放たれた。

朱理の意志に応えるように。

鋭い刃物に炎を加えた光線。

真っ直ぐ伸びる光線の周りには、太陽のプロミネンス、紅炎を思わせる淡光が渦を巻いている。

赤い炎の龍が口を開いて叫んでいるように見えた。

真っ赤な帯を引く炎の光線が、今にも倒れている生徒たちを踏み潰そうとしている魔界獣の身体、中心部を一瞬にして貫いた。

胸にぽっかりと穴が開いてしまった魔界獣の動きが、片足を宙に浮かせたまま停止した。

魔界獣の足の影になったところには、倒れている生徒たちの姿が見える。寸でのところで封じられたのだ。

「…えっ？」

自分の放った炎の光線に驚きながらも、魔界獣の身体に大きな穴が開いてグロテクスな光景に畏怖している。

「赤い珠…、炎の力…か」

隣で見ていた聖嗣が呟く。そして、出番を失った両手を振り降ろした。

朱理の炎の光線で開いた魔界獣の身体が、黒い煤となって崩れていく。足から徐々に崩れていき、恐ろしい形相の顔、そして最後に頭が煤化すると風もないのに宙に舞い、跡形もなく消えていった。

朱理は、今まで目前の五、六メートルもの巨大な魔界獣がいた場所を、ただただ茫然と視点を定めないまま見つめている。

すると、周りの闇がグニャリと歪み始めた。

絵具の黒と白が混ぜ合わせたように、聖嗣の放っていた陽の橙の光と暗闇がマーブルのように混ざり合う。

上下もわからない空間の中で、朱理は吐き気がするほど目が回り、気分が悪くなってきた。胸を押さえて蹲る。

まるで、回転の速いメリーゴーランドに乗っている気分。

もう、ダメ。

と思ったその時、不意に体が軽くなった。その直後、重力に従いおもいっきり地に体を押しつけられるように落ちた。

ドンッ

「痛ぁい」

硬い床に尻から落ちて、朱理が悲鳴を漏らす。

その側で、続け様に落ちてくる音がした。

闇の中にいた生徒たちが、次々と現れたのだ。気絶したまま山のように重なりあっている。

「うあぁっ」

その中に、情けない声を出して倒れてきた伊藤もいた。

「戻ってこれたようやな」

辺りに目を走らせ立ち上がった聖嗣がいった。

朱理も周囲を見渡す。

バスケットボールやバレーボールが山積みされてあるワゴン。跳び箱にマット。体育用具がひき詰めあって置かれてある。

体育用具室だった。

「やったぁ。帰ってこれた」

朱理は両手を挙げて喜んだ。

「…藍原？」

不意に入口のほうから声がした。

体育館につながる入口。

朱理と聖嗣がその方に顔を向ける。

そこには、困惑の表情を浮かべた写真部部員、大熊、久美、美弥子、ゆか、香代子の五人が、呆然と立ち尽くして中の様子を見つめていた。

「あっ、先輩！」

朱理は、部員たちの姿を見て愁眉を開く。笑顔で部員たちのいる入口へ走り寄る朱理を聖嗣が腕を出して引き止めた。

「何…？」

前を遮られて、朱理は不快な目で聖嗣の顔を見た。

聖嗣は、涼しい顔で朱理の身体に目を注いでいる。

その目につられ、朱理も自分の身体に目を向けてぎょっとした。

炎のように赤く揺らめく光が、朱理の全身を包んだままだったのだ。

よく見ると、薄暗くなっていた体育用具室に、朱理を包む赤い光で周りは赤く照らし出されていた。

そして、入口のところにいる写真部部員たちも、怪訝な表情で朱理のことを見つめていた。

不可解で、怪異な現状。

「…なんで？　なんで消えていないの？」

両手を目の前に持ってきて、炎のように揺らめく光を見つめながら朱理は口にした。

6

既に陽が落ち、窓の外から漏れてくる月明かりしかない体育館。その中に、一際輝く赤い炎が怪しく揺らめいている。

全身を炎に包んだような朱理が、体育館の壁に背をつけて座り込んでいる。

すぐ隣には、今話題のアイドルグループ『ＦＬＡＭＥ』の一員、堂場聖嗣が端正に腕を組んだ姿で壁にもたれて、その端麗な顔を朱理に向けている。

その二人を囲む形で、写真部部員、大熊、久美、美弥子、ゆか、香代子、そして伊藤が朱理の全身を包む光を避けるように、ちょっと距離を置いて座っていた。

「それで、藍原のその光はどうなるの？」

体育館に恐る恐る聞く久美の声だけが響いた。

「そうよね、このままでは外に出て行けないわね」

手の甲に顎を乗せるポーズで美弥子が上品にいった。

「あぁ、それなら問題ない。これさえあれば」

聖嗣が制服のズボンのポケットから何かを取り出して皆に見せた。

「——あっ」

朱理がぱっちりとした瞳を大きくした。

そして、自分の胸元に手を当てて探り出す。

——ない。ネックレスがない。

物心付いたときには、既に身に付けていた水晶のような赤い球が付いているネックレス。どんなときでも、外すことを親に強く禁じられていた。わけも知らされずに、御守りの如く肌身離さず生活してきた。ずっと付けていることが嫌になったときもあった。でも、取ることが、取った後のことが怖くて外すことができなかったのだ。今では、赤い球が一番のお気に入りだ。

それが、今現実には、朱理の胸元ではなく、聖嗣の手の中にある。

朱理は魔界獣との戦いで外れたことを忘れていた。

切れた銀の鎖に繋がれて二センチほどの赤い球が、朱理を包む赤い光で輝いている。

「朱理、手を出して」

聖嗣に言われるまま、朱理は目の前に手を出した。

聖嗣はその手に、赤い球、珠をそっと乗せる。

静かにその様子を見つめていた部員たちが驚愕した。

もちろん、本人、朱理も茫然としている。

赤い珠が朱理の掌に乗った直後、全身を包んでいた赤い光が、スゥーっと珠に引き込まれる形で消えていったのだ。

静寂した体育館が、窓から差し込む月明かりだけで照らされている。

皆の顔がやっとわかる程度の明るさしかない。

「…消えた」

大熊が朱理のことを見つめながら呟いた。

「どういうこと？」

「こういうこと」

朱理の疑問に、聖嗣が再び朱理の手から赤い珠を離した。

すると、また朱理の身体が赤い光に包まれたのだ。

「なるほどね。そのネックレスが鍵となっているわけ」

頭の回転が速い美弥子が、誰よりも早く理解できたらしい。他の部員は、眉をひそめてわからないといった顔だ。

「そうゆうことや。つまり、この赤い珠が力を、光と化する〝気〟を敵に気づかれないように防御する役目をしているわけなんだ」

聖嗣が赤い珠を朱理に渡しながら答えた。

珠が戻ったことで、朱理を包んでいた赤い光はまた消えていく。

現実では考えられないことが、目の前で繰り広げられることでいまいち納得いかない。

別世界に入り込んだ気分だ。

朱理は掌にある赤い球、珠を見つめ、そして、隣でその様子を見下ろしている聖嗣の顔を見上げ口を開く。

「一体、どういうことなの？　聖嗣は何もかも知っているようだけど」

「何もかもは知らないが、ある程度のことなら…」

「じゃあ、知っている限りでいいから教えてよ。この珠のことや光の力。魔界獣、魔界の者って何なの？…そして聖嗣、あなたも何者なの」

聞きたくて、ずっと頭の中で混乱していたことを全て吐き出した。

奇麗な顔を聖嗣に向けたまま きつく睨む。

部員たちも聖嗣に注目した。

聖嗣は軽く息を漏らすと、壁に背を任せながら朱理の質疑に対して、それから、自分が知っている限りを語り始めた。

「しゃあないな、何も知らへんいうなら教えるしかない。ただし」

そういって、聖嗣は写真部部員たちの顔に目を走らせると。

「このことは、誰にもいわないこと。もし、口を漏らすようだったら俺は誰であろうと容赦はしない」

美貌を恐ろしいまでの形相に変え念を押した。

部員たちはもちろんのこと、朱理までもその表情に身震いがした。

部員たちは、声を出せず首をブンブンと縦に振っている。

その姿を確認すると、聖嗣は話を続けた。

「朱理の持っている珠は〝光の力〟を持つ者の証。俺も珠を持っている一人だ」

聖嗣は、制服の中から銀の鎖に繋がれてある珠を取り出して見せた。橙に輝く珠。

朱理の持っている赤い珠が、取り出した聖嗣の橙の珠に反応して光輝を放つ。聖嗣の橙の珠も共鳴するように輝き出した。

体育館の中が、赤と橙のライトでも照らしたような明るさになっている。

「この反応は、〝光の力〟を持つ仲間ということを知らせている」

聖嗣は自分の橙の珠を再び制服の中へしまう。

また、月明かりだけの薄暗い体育館へと戻った。

「〝光の力〟を持つ者は、俺と朱理を含めて七人いる。赤の珠、炎の力の朱理。橙の珠、太陽の力の俺。その他に、黄の珠、月の力。緑の珠、大地の力。青の珠、空の力。藍の珠、水の力。紫の珠、風の力。各々に持つ珠、力が違うんや。まだ、誰が持っているのかはわからへん」

「虹の色」

ゆかの呟きに聖嗣が同意する。

「そう、七つの珠が揃うと一つの珠になるんや。それが〝虹の珠〟虹色、七色の光を放つといわれている。本来なら、虹の珠はある場所になければならないんだ」

「ある場所？」

伊藤がくり返す。

「魔界の入口がある魔境の場所。その魔境に虹の珠を奉り入口を封じていた。魔界の者が、この地上に現れないように」

「魔界の者って？」

香代子が首を傾げて聞く。

「悪魔。―鬼のことだ。鬼は、人間の生気を好む。この地上に鬼が自由に出入りするようになったら、この世界が地獄化するのは歴然だ」

「その鬼って、もしかしてさっきの化け物…」

思い出したのか、伊藤は体を震わせた。

「あれは、魔界獣といって、鬼の使い魔。いわゆるペットだ」

「堂場の話を聞くには、その魔界の鬼たちが既に地上に出てきているみたいねぇ」

久美が言った。

「その通り。ずっと封じていた入口が、誰かの手で解き放たれたんだ。俺が思うに、人間同士の争い。つまりは戦争に巻き込まれたのだろう。そのため、奉っていた虹の珠が七つに分かれた。そして〝光の力〟を持つ者に珠が受け継がれたんだ。恐らく、以前に魔界を封じた〝光の者〟の生まれ変わりに」

「生まれ変わり？」

朱理は聖嗣を見つめた。

「でなければ、ここまで俺が知っているなんてありえない。誰かに聞いたわけでもないんだ。〝光の力〟を使う度に記憶が戻ってくる感じなんだ。始めは俺だって怖かったんや。だけど、目の前で鬼が現れ、人間を食い荒らすのをほっとけないだろう。現に今、怪奇な事件が多くなってきているし。鬼がこの地上で暴れ出している。その鬼たちを、〝光の力〟を持つ俺たちが降魔して封じなければならない。魔界獣なら見た目でもわかるし、力が弱いから簡単に降魔できる。ただし、上級鬼になると、普通の人間の姿に変えることができるんだ。一見見ただけでは判別できない。それに、力も強い。俺たちだけで降魔するのは難しい。ましてや、魔王なんかが出て来たら、おしまいだ」

「鬼と区別ができないって、戦うことすらできないの？」

ゆかが聞いた。

「鬼の邪悪な〝気〟を探るんだ。それと、鬼は体のどこかに黒い珠を身に付けているはずや」

「邪悪な〝気〟…」

そんなこと言われても、朱理にはわからない。

「そう、人間にも怨念や憎しみ、邪念などがあるが、鬼のはそれが強い。もっとも悪意な〝気〟だ。神経を集中して心で見る感じやな。…それから、朱理。赤い珠を持つ者」

説明されても、まだ理解できずに考え込んでいる朱理の側で座り込んだ聖嗣は、朱理の顔を自分に向き合わせた。

突然、聖嗣の手で顔を押さえられた朱理はびくっとした。

なんたって、今までの顔とはまるで別人のような聖嗣の表情。真剣な眼差しで朱理のことを見つめている。

息がかかる程に近くにある聖嗣の端麗の顔。ずっと、見つめてきたアイドルの聖嗣。

今、その顔が朱理だけに向けられている。

それだけでも奇異なこと続きで心臓が激しいというのに、違う意味で心臓が破裂しそうだ。

そんな朱理の気持ちを知ってか知らずか、聖嗣が朱理の赤く腫れている頬に手をそっと触れる。

触れられた頬からビリッと電気が走ったみたいに痺れが起きて、身体がビクンとなった。

「赤い珠を持つ者、藍原朱理。やっと見つけた、俺のパートナー。お前のことは俺が守る。それが俺への指令であって役目でもある」

朱理にさえ聞こえないほどの声で、聖嗣は囁いた。

朱理の頬に当てられた聖嗣の手から、ほのかに暖かい橙の光が微光する。

当てられている頬が暖かく感じられる。

「朱理の体には、二度と触れさせない」

きっと鋭く張られた瞳をほぐし、いつものアイドルスマイルを作ると立ち上がった。

「あっ」

聖嗣に振られた頬に手を当てた朱理が声を漏らす。魔界獣に飛ばされたときにできた傷が、すっかり痛みも消え、傷痕も奇麗に治っていたのだ。

癒しの力。治癒能力。

現実離れした話と、出来事に部員たちはテレビでも観ている感じだった。

「ところで、あいつらはどうするんだ?」

伊藤が思い出したように、用具室のほうを指差していった。

魔界獣にさらわれて行方不明になっていた生徒たちが、まだ、気絶したまま用具室で倒れているのだ。

「そのうち目覚めるさ。幸い、生気だって吸われていないから、起きたら、自分等の足で帰れるだろう」

意外と冷たい口調で聖嗣がいった。

「でも、またその魔界獣とやらが出てきたら…」

大熊の心配は、すぐに聖嗣の言葉に消された。

「それやったら心配いらん。魔界獣は、朱理が降魔したし。〝光の者〟がいると知ったら、そう易々と襲ってはこないだろう」

「それって、魔界獣を使っていた鬼のこと?」

朱理が立ち上がりながら聖嗣に聞く。

「そうや。俺等が〝光の力〟を使った時点で気づいたはず。魔界獣が殺られたことも。いつか、また襲ってくるだろう。その前に、朱理!」

「…?」

「珠の使い方を覚えような。いつ、鬼がお前を襲ってくるかわからへん。とりあえず、感情だけでなく自分の意志で力を使いこなせないと」

「といわれても…」

「大丈夫。俺が教えたる。猛特訓やな」

「えぇー」

口を尖らせる朱理に薄笑いを浮かべ、聖嗣は体育館から出て行く。

その後を追うように朱理と写真部部員たちも体育館を後にした。

外はすっかり夜と化していた。

藍色の空に、白く煌く星たち。奇麗な形に弧を描いた三日月の月明かりで明るく感じる。

渡り廊下には、肌寒い夜風が吹き抜けている。

髪を夜風に吹かれながら、朱理は後ろに続く写真部部員たちの方を振り向いた。

「そういえば先輩？　揃いも揃って、どうして体育館にいたんです？　伊藤さんやあたしのことを心配してくいれていたことは嬉しいんですけど、何か、それだけじゃないような気がするんですよねぇ。今回の失踪事件にも異常なほどに首突っ込んでいたようだし……」

　朱理の言葉に部員一同、足が止まった。

「何か隠していません？」

　側に寄っていく朱理に、部員たちは顔を見合わせて戸惑っている。

「どうする？」

　朱理に背を向けて、部員たちはヒソヒソと会話している。

　その様子を朱理は片眉を上げて見つめていると、不意に後ろから聖嗣とは違う声が響いた。

「教えてやれよ。『俺たちは、探偵です』ってな」

　その声のほうを振り向くと、白衣に両手を突っ込んだ姿の長根がこちらに笑みを浮かばせながら立っていた。

「長根さん！」

　部員が同時に口を開く。

「ったく、こんな遅くまで何やってるかと思えば。仕事をするのは構わないが、もう少し、考えて行動しろよ」

「わかってますよ。そんなことより、どうして長根さんがここに？」

ゆかが、長根の説教を避けるように話を変える。

「あぁ」

といって、長根は後ろに視線を向ける。それにつられて、朱理たちも長根の後ろに目を向けた。

長根の白衣からひょこっと顔を覗かせる一人の少女。

「たなかん！」

そう、朱理のことを待っていた理恵が顔を出したのだ。

朱理のことを待ってて、日が落ちてもなかなか迎えに来ないことで捜していたのだろう。朱理の叫びに、理恵はぺろっと舌を出して苦笑いをして見せる。

「だって、なかなか朱理が来てくれないから写真部部室を覗いてみたら、鞄はあるのに姿がないし、もしやと思い職員室に行って、ちょうど長根先生がいたんで…」

みんなに注目されて、理恵はもじもじとしながら話している。

そこに、助け船を出すかたちで長根が続けた。

「田中に言われて、今までずっとお前たちのことを捜していたんだぞ。事件に巻き込まれたんではと思ってな。閉門の時間だって、もうとっくに過ぎてるんだぞ」

「ごめんなさい」

はじめに声を出したのは朱理だった。入学して早々これは減点だろう。

腕時計の針は、七時をとっくに過ぎていた。

「探偵って何や?」

そんなやり取りを黙って見ていた聖嗣が声を出した。

また、部員たちの表情が固くなる。

「…探偵っていうのは、僕たち写真部の影の活動なんだよ」

観念したのか、大熊が口を開いた。

「影の活動?」

朱理が繰り返す。それに応えて、久美が話し始めた。

「そうよ。表は地味な写真部。けど、影では、この学園内で起こった事件を解決している『探偵』なのよ。あくまでも影での活動だから、写真部以外誰も知らないの。だから、このことは厳密にね」

久美に言われ、朱理は首を縦に振った。

「学園内で起きる些細な事件でも解決しているの。だから、学園内ではちょっとした有名な部なの。この名前を知らない人はいないと思うわ」

「正義の味方『レッツ・探偵事務所』。誰がやっているかはわからない、謎めいたヒーローってな」

伊藤が自信満々に言ったのだが、朱理のきつい一言が炸裂した。

「『レッツ・探偵事務所』？　だっさぁーい。誰が付けたんです？　その名前は…」

朱理の笑いが夜の学園に響く。

相手が先輩だということなど全く気にしていない。

「でしょー。あたしも思ったのよね」

ゆかも朱理と一緒に笑い出した。

そんな二人に申しわけなさそうに、長根が口を挟む。

「…それ、俺が付けたんだが、そんなに可笑しいか？」

「可笑しいも何も、センスがなさ過ぎ。だけど、わかりやすくていいんじゃない？」

おもいっきり笑ったことで、今までの緊迫した空気も張り詰めていた気持ちも吹き飛んだようだ。

「だけど、楽しそう。影での探偵活動は」

「そう思ってくれると、嬉しいな」

大熊が、興味を示した朱理を見てほっとしている。

「今回の事件を利用して、藍原に試験を与えるつもりだったんだけど、逆に私たちの出る幕がなかったね」

どんなときでも美弥子は、冷静で猶且つ品がある。

それに比べて、伊藤は下品に見える。

「藍原の力はすげぇぜ。皆にも見せてあげたかったなぁ」

「これからは、藍原も影の活動『レッツ・探偵事務所』の一員に認定します。くれぐれも活動のことは部員以外には秘密に」

久美に手を差し出され、朱理はその手を握り返した。

「…部員以外って、既に二人にバレてるのでは」

朱理は、後ろにいる聖嗣と理恵のほうに顔を向けた。

部員たちの話を聞いても、関係ないという素っ気ない顔の聖嗣と、すっごく気になるといった、興味深々まるだしで大きな目を輝かせながら見つめている理恵がこちらの様子を伺っている。

「あっ、忘れてた」

口が開いたまま塞がらない状態の部員たち。

結局は、聖嗣と理恵にも事情を話して秘密を守ってもらうことにした。

聖嗣に関しては、お互い様に秘密を託していることで容認できた。

朱理たちは、とりあえず事件解決ということでその場を後にした。

本当にこれでいいのかな。〝光の力〟、赤の珠。魔界の鬼。

これから、得体の知れない鬼と戦うことになる。こんなあたしにできるのだろうか。

朱理は、不安を抱えながら手の中に握られてある二センチほどの赤の珠をそっと見つめた。
藍色の空に浮かぶ三日月の光を映して、更に美しく赤の珠が輝いた。
〝光の力を受け継ぐもの。二人が目覚めている。早く始末しとかないと、厄介だ〟
闇の中で、邪悪に満ちた含み声が深閑とした中で聞こえた。
唇に冷笑を浮かべると、背中についている大きな黒い羽を広げ闇の奥へと姿を消した。

〈おわり〉

著者プロフィール

岸 美羽（きし みう）

12月28日生まれ。

福島県出身、埼玉県在住。

高校卒業後、就職。

高校時代に遊びで書いたことがきっかけとなり、ずっと、趣味として小説を書き続けている。

SIGNAL・RED

2001年1月15日　初版第1刷発行

著　者　岸　美羽
発行者　瓜谷綱延
発行所　株式会社文芸社
〒112-0004 東京都文京区後楽2－23－12
電話03-3814-1177（代表）
03-3814-2455（営業）
振替00190-8-728265

印刷所　株式会社平河工業社

乱丁・落丁本はお取り替えします。

ISBN4-8355-1272-3 C0093